〖中华诗词存稿·名家专辑〗

中华诗词学会 编

楚徒行吟集

彭崇谷 著

中国书籍出版社

China Book Press

图书在版编目（CIP）数据

楚徒行吟集 / 彭崇谷著 . –– 北京 : 中国书籍出版
社 , 2019.12
　（中华诗词存稿）
　ISBN 978-7-5068-7761-9

　Ⅰ . ①楚… Ⅱ . ①彭… Ⅲ . ①诗词—作品集—中国—
当代 Ⅳ . ① I227

　中国版本图书馆 CIP 数据核字 (2019) 第 291597 号

楚徒行吟集

彭崇谷　著

责任编辑	李国永	
责任印制	孙马飞　马　芝	
封面设计	采薇阁	
出版发行	中国书籍出版社	
地　　址	北京市丰台区三路居路 97 号（邮编：100073）	
电　　话	（010）52257143（总编室）　（010）52257140（发行部）	
电子邮箱	eo@chinabp.com.cn	
经　　销	全国新华书店	
印　　刷	北京虎彩文化传播有限公司	
开　　本	710 毫米 × 1000 毫米 1/16	
字　　数	200 千字	
印　　张	15.5	
版　　次	2020 年 6 月第 1 版　2020 年 6 月第 1 次印刷	
书　　号	ISBN 978-7-5068-7761-9	
定　　价	198.00 元	

《中华诗词存稿》
编委会名单

总 序

我们这个诗歌大国有一个很好的传统，历来注重"采诗"、搜集整理诗歌材料。作为唯一的全国性诗词组织的中华诗词学会，自1987年5月成立以来，就十分重视这项工作。学会每年的学术研讨会和历届"华夏诗词奖"，都出版论文集和获奖作品集。纪念学会成立二十年、三十年时，还专门编辑出版了《大事记》《论文选集》《诗词选集》。《中华诗词》创刊以来，每年都制作年度合订本。2007年5月，在北京天识东方文化艺术传播有限公司的资助下，以近代以来诗词创作、诗词理论、诗词运动重要文献汇编，当代名家个人作品专集等为主要内容，出版了《中华诗词文库》。经过十来年的编辑整理，已经出了近百卷。这些诗集、文集的出版，记录了近百年来尤其是改革开放四十多年来，中华诗词从起步、复苏走向复兴的砥砺前行的历程，为近、当代诗歌史的撰写准备了丰富的资料。

党的十八大以来，中华民族优秀传统文化重新受到应有的重视。习近平总书记《念奴娇·追思焦裕禄》词和《军民情》七律的相继发表，引领中华大地诗潮滚滚而来。《中共中央关于繁荣发展社会主义文艺的意见》和中办、国办《关于实施中华优秀传统文化传承发展工程的意见》，都明确提出"加强对中华诗词、音乐舞蹈、书法绘画、曲艺杂技和历史文化纪录片、动画片、出版物等的扶持。"国家教育部组织制定由中华诗词学会起草的新中国语言体系中的新韵书《中华通韵》已经通过国家语言文字工作委员会语言文字规范标准审定委员会审定，即将颁布全国试行。这些都使我们真切地感受到，中华诗词的春天真的到来了。诗人们乘着骀荡春风，正以高昂的激情，书写着中华民族伟大复兴的新时代、新史诗，国家富强、民族振兴、人民幸福的中国梦；正以与人民同呼吸、共命运的诗人之心，对人民的欢乐、人民的忧患、人民的情怀给以诗意的表达；正以"美"或"刺"的诗人之笔，对市场经济大潮中人民对幸福生活的期待，对美好未来的希望，对假丑恶的深恶痛绝，或给以方向，或给以赞美，或给以鞭挞。正如习近平总书记所指出的："好的文艺作品就应该像蓝天上的阳光、春季里的清风一样，能够启迪思想、温润心灵、陶冶人生，能够扫除颓废萎靡之风。"

　　当前，传统诗词创作者和诗词爱好者队伍发展迅速，已超过三百万。每天创作的诗词作品超过唐诗、宋词、元曲的总和。诗词评论研究队伍也成长很快，诗词评论、诗词学、诗词创作理论研究成果丰硕。如何从浩如烟海的诗词作品中"淘"出优秀作品，并使之存下来、传下去，如何使诗词研究理论成果"面世"并发挥应有的指导作用，确实是摆在我们面前的无可回避的一个重要课题。中华诗词学会是一个没有国家编制，没有国家拨款的社会团体，事业的运转主要靠社会赞助和会员费支撑。俊识（北京）文化传媒有限公司总经理吕梁松、北京采薇阁总经理王强，两位一直是对中华传统文化情有独钟的热心人，慷慨解囊，愿意同中华诗词学会一起，搜集整理编辑推出《中华诗词存稿》这套书，共同为中华诗词文化的继承和发展，做成这件十分有意义的事情。

　　《中华诗词存稿》主要搜集整理出版三部分内容的资料：一是当代诗词名家的个人作品集；二是当代诗词评论家、诗词学者的学术著作集；三是当代诗词作品、诗词理论学术成果阶段性、专题性、地域性的集成类作品集。诗词作品强调精品意识，沙里淘金，把"有筋骨、有道德、有温度"的优秀诗词作品搜集起来。诗词评论、研究类资料强调理论性和创新性，应具有鲜明的个性特点，具有创建性的见解。集成类的资料应有一定的史料保存价值。总之，做成一套具有当代价值和历史意义的好书。在此，我们编委会人员，向提供资料、筛选编辑、版面设计、校对勘误，包括所有为这套资料付出辛勤劳动的同志们，表示真诚的谢意！

                                          郑欣淼
                                  二〇一九年七月于北京

诗人简介

彭崇谷，1954 年生，著名诗人、赋作家、书法家、画家。中华诗词学会副会长、中国书法家协会会员、中国楹联学会顾问、湖南省诗词协会会长、中国作家协会湖南分会会员。中南大学、湖南大学、湖南师范大学客座教授、湖南教育科学研究院博士后导师。曾任湖南省衡阳市市长、湖南省省委组织部副部长、省人力资源和社会保障厅厅长、省编办党组书记。其诗词联赋书法大气磅礴。作品先后被人民日报、文艺报、中国艺术报、中国文化报、人民美术报、国际日报、香港大公报、湖南日报、美术、中国艺术、中国作家等国内外 40 余种报纸、专业书籍杂志刊登。已出版《西行诗集》《衡山新语》《南洋诗话》三本诗集，《走近大家》书法专辑，《三江源赋及其历史思考》等著作。全国有长白山、衡山、崀山、莽山、阳明山、舜皇山、君山、祁阳浯溪以及永州市、湘乡市、湘阴市、浏阳胡耀邦故里等 20 余处名川大山、风景名胜地将他的诗、赋、联、题词书法刻石立碑。他撰文《三江源赋》被编进由高等教育出版社出版的《大学语文》教科书。《湘江赋》被中华书局编入《中华文化基础教材》。他的书画作品多次参加全国大赛并获奖，2012 年入选由国家组织的"走进联合国"书画展览。文化部为他出版了《走近大家》书法个人专辑、并聘他为特邀艺术家。

笔下风云百万兵

——读彭崇谷诗人的诗

向小文

对于人生和诗歌，胡风曾强调："第一是人生上的战士，其次才是艺术上的诗人。"彭崇谷诗人用自己长期的生活工作经历贯穿于和滋润着传统诗词文化，用一种不同于单纯的文人心态审视着人生万象，造就了他的诗词散发出对人生之新的感悟和新的发现，这是一般的文化诗人所做不到的。也正是这样一种夹杂着文化焦虑和政治感悟的独特眼光，彭崇谷诗人的古典诗词很大程度上拓宽了政治诗人文学情怀的一片新天地，他既整合了古典诗词的传统元素和意象，又把自己对新时代的文化、历史思考和艺术形式融合在一起，创造出许多既洞穿历史又连贯时代的诗词佳作。

彭崇谷诗人的诗具有鲜明的时代气息。他在《丁酉五月从长沙乘高铁赴河北》中写道："古来燕赵自风流，帝子豪杰竞未休。正驾铁龙飞羽箭，方知今日更为牛。"这是一首典型的抒怀诗，全诗几乎没有写景，只有第三句是简单的时间和空间上的叙述而已。前两句"古来燕赵自风流，帝子豪杰竞未休"，直抒胸臆，是对历史过往的描述，从而由历史发出感慨，顺此宕开，把历史拉入了现实的思考。诗人此时此刻，正坐在高铁上，铁龙如羽箭飞奔，读来栩栩如生，一个飞字动感立现，把诗人的思绪抛向了历史的远方。而最后一句"方知今日更为牛"则使得全诗气势顿显，昂然扬起，掷地有声，读来是如此地令人豪情万丈，激情澎湃，真可谓大气流溢。

我一贯认为写诗，必须有现实元素和现实的视野，反映时代，反映当下，反映我们现实的声音和最真实、最原始的生命体验。如果用现实的角度来重新审视这首诗，它绝对是反映我们新时代下的一种全新的生命情感的体验。铁龙具有鲜明的时代特色，是一个新的文学意象，它拉近了我们现代人和传统诗词的距离。而最后一句"方知今日更为牛"，更是现代政治文化诗人的一种独特的文化思考。这种纯现代式的诗词创作无疑也是对喜欢徜徉在古典诗词里摘字寻句的创作者的一种绝妙讽刺，记得一位诗人说过，如果你把你的诗词放在唐诗宋词里面，能以假乱真，以至于不能识别，这只能算是对诗词创作的耻辱。诚然，没有现代气息的诗词创作，脱离当下的诗词创作，只会是一潭死水。

叶燮《原诗》中有语："诗之基，其人之胸襟是也。有胸襟，然后能载其性情、智慧、聪明、才辨以出，随遇发生，随生即盛。"彭崇谷诗人正是用政治文人的心态倾注于古典诗词的创作，有高于常人的政治胸襟从而决定了他诗词写作的高度和温度，其作品意境和气势读来自然给人的震撼力是不同的。

有幸读到彭崇谷诗人的三首绝句《游武汉黄鹤楼》："足横欲断大江流，揪住龟蛇鹦鹉洲。眼内风光何止瘾，敢攀绝顶第一牛。""彩柱飞檐挺九霄，城郭乡野尽春潮。远观万里东流水，后浪总超前浪高。""伟楼耸峙水云连，鹤去诗追咏万千。骚客休夸崔颢句，今人妙句愧诗仙。"让我对"诗之基，其人之胸襟是也"又有了进一步的理解和诠释。诗人第一首绝句用足横就能截断大江的流动，完全非一般人之气势和胸襟所能，一个揪字足见神奇和力量，大气有度，又想象丰富。但作者的视野是完全不单纯满足于眼前所看到的景色的，立志登上绝顶看得更高更远才是终极，表现了作者不满足于现状和立志勇攀高峰的雄心和气魄，大大开阔了诗的意境。诗人的第二首绝句先从黄鹤楼的雄伟气势写起，接着一眼望去，城乡一派繁荣，长江之水奔腾滚滚东去，由此生发出"后浪总超前浪高"的感慨。全诗正如作者所写春潮涌动那样，让人感受到了时代的潮流滚滚向前，后浪总比前浪高的勇气和无限的魅力，高扬着革命乐观主义精神，同时蕴含着人生哲理，闪耀着人性的光辉。诗人的第三首绝句一方面是在写千百年来文人墨客游览黄鹤楼写诗作赋不断的盛况，凸显了黄鹤楼丰富的文化底蕴。但最令人称奇和叫好的是诗人对新时代下诗人的期望，诗人相信只要我们努力，就一定能写出超越崔颢和让诗仙李白惭愧的诗句。当然现代人的诗句整体上不一定能超越崔颢和诗仙李白写黄鹤楼的诗句，但诗人所体现出来的勇气和豪气，是令人赞许的。而正是有了这种勇气和豪气的支撑，我们现代的诗人才会去努力创作，才会如彭崇谷诗人所期望的"莫叹今诗逊古诗"。

　　从以上的三首绝句中，我们可以看出彭崇谷诗人在诗词创作中所流动出来的大笔摇转的气势，读来确实宏肆磅

礴，气象凌云，加之豪情的流溢，奔腾的诗心，如巨浪携
裹着汹涌的狂涛，如旷阔无垠、萧萧寒风中传来的马鸣之
音，读来令人心胸为之开阔，精神为之大振，感受着诗人
人生所焕发出的积极向上、一往无前的奋斗精神。而绝不
是崔颢"日暮乡关何处是，烟波江上使人愁"乡愁的消极
和淡淡的哀伤，也绝不是李白"一为迁客去长沙，远望长
安不见家"的迷惘和寂寥。单纯从艺术层面上来分析，诗
人的三首诗稍逊于二人，但诗人的境界和立意的高度是远
远高于二人的。

　　以广阔的视野、跳跃的思维、深厚的家国情怀、深
邃的处世智慧、高洁的人生理念来打造诗词作品的思想及
境界高度是彭崇谷诗人诗词作品的突出特色。诗人在西安
华清池观看大型歌舞剧《长恨歌》后即作诗："妙舞天资
绝唱和，可惜极乐致国疴。今人多忆唐皇泪，华夏方无长
恨歌。"《长恨歌》是白居易记述唐玄宗与杨贵妃爱情悲
剧故事的一首长诗，西安曾以此诗为题材编成大型歌舞剧
上演。彭崇谷诗人此诗第一句赞美了杨贵妃的天姿国色、
美妙舞姿，以及她和唐玄宗绝代唱和的爱情生活。第二句
急转直下对唐玄宗乐极误国导致"安史之乱"的惨痛结局
发出深深叹息并给予深刻批评。第三、四句针对当下享乐
至上、奢侈之风盛行的现状警示世人只有深刻吸取唐玄宗
败国的教训，力戒穷奢极欲，才能避免这类历史悲剧的重
演，国家才能长治久安。此诗以方尺舞台之事上穿千年
历史，下连当代时势，说明了一个治国、处事、做人的大
道理，其艺术高度和思想深度无不令人赞叹！诗人游览惠
州西湖当年苏东坡修筑的长堤时作的一首诗也达到了同样

的效果："楼浴春阳翠树稠，花阴桥拱古堤悠。时光易换山湖色，诗赋无失万古留。锦鸟叼云扬劲羽，肥鱼戏浪竞鳌头。何须贪恋身边景，无限风光万里舟。"此诗前两句从赞美苏堤的绚丽景色入笔，第三、四句感叹历史沧桑，山湖易色、富贵荣华如过眼云烟，惟诗赋文章万古流芳。后两联从写西湖所见锦鸟竞飞、肥鱼争先这一自然景观中感悟出人生不应留恋于眼前的景色或已取得的成就，应志存高远，不断奋进，更好的景色更大的成就还在继续奋斗之中，表达了诗人积极进取的人生价值取向。此诗叙事、写景、抒情、言理巧妙结合，情由景生、理从事出，其视野的宽度与思维的深度、意境的高度是一般诗作难以比拟的。再如"一望商丘古气氲，皇都几度帝王君。秋风扫叶纷飞谢，只见一堆甲骨文。"（《丙申秋观安阳有感》）感叹秋风无情，历史远去荣华不在，只留下甲骨文在这里见证历史。写得含蓄蕴藉，言有尽而意无穷，开阔了诗文的视野，使得诗文的张力更大，从而留给了读者无限的启发和遐思。

在诗词审美的评介中，如果一首诗读者读完之后在脑海中没有留下什么可以值得回味的画面或者震撼的瞬间，这样的诗词肯定谈不上是什么佳作。然而诗词作品要能使人动心，给人以回味，必须借助于作品中优美场景的打造及奇词妙句的运用。彭崇谷的诗词作品正好体现了这一特色。如他写春天景色："满眼葱茏手捧春，游人采景挤纷纷。谁家紫燕掠空过？剪下红黄一片云。""一行春色千幅画，几点白云万里天。"写九月桂花之香："巧把绿衣裁，金花锦首开。风轻香欲醉，疑是玉人来。"写姑娘们赏春花："清风又送娇声脆，难辨花容与丽人。"写马王堆汉墓千年古尸："彩袖红颜笑客来。"这些优美画面的构造及精心的场景设置都使人过目难忘。至于彭崇谷诗人在一些诗词作品中所感悟出的一些充满哲理、闪烁着智慧之光的格言警句，更能动人心弦、催人进取。如他在《春晨》中写道："有心春洒一身汗，无虑秋收百担钱。"在《咏紫薇》中写道："平生不历千般苦，哪有风光无限时。"《观百年古榕树》中写道："久把足根深入土，何愁风雨撼其身。"他骂奸贼秦桧："正道岂容斜道笑"。这些妙句无不使人入脑入心。

　　善于用动词来表现令人震撼的画面和场景，这是古人在诗词创作中惯用的技法，如李白的《望庐山瀑布》"日照香炉生紫烟，遥看瀑布挂前川。飞流直下三千尺，疑是银河落九天"，一个挂字使得画面感十足，一个落字，尽得风流，整诗读完之后，立体的画面感跃然而来。彭崇谷诗人也深谙此道，善于运用动词为他的诗词增加气势，读来大气势磅礴，满目生辉。动词的娴熟使用在某种程度上是诗人吞吐胸中"笔下风云百万兵"（《有感于以文载道》）的需要，也只有用动词才能表现他心中涌动的力量和奔腾的情感。在作者的诗词创作中通篇能找到这样的动词和用得很形象生动的句子。如《夏日暮观骤雨》："沉云吞落日，骤雨剪繁华。雀抖阶檐下，鹰击云浪家。"诗的每一句都用了动词，第一句用吞，第二句用剪，第三句用抖，第四句用击，把大自然的神奇瑰伟描绘得很生动到位。而从这首诗词欣赏的角度来说，通篇没有作者思想感情的直接表白，读者只能通过画面来揣摩作者想去表达什么，这是作者另外的一种诗词创作风格的体现。

诗人赞颂红旗渠"滚滚清波天上来，一路欢歌淌云台""凌风驾雾天上过，穿洞攀峰碧浪徊""肩扛手提钎锤舞，地动山摇万旗栽"（《红旗渠颂》），这都是一些写得很形象、摇曳多姿的大美佳句。诗人善于在每一句中运用妥帖、栩栩有神的动词，将人定胜天的场景写得美妙多姿，豪情四射，大大提升了诗的形象美与壮丽美。洋溢着浓厚的乐观主义精神和进取的人生态度。这有如毛泽东《长征》的"五岭逶迤腾细浪，乌蒙磅礴走泥丸"。他们共同洋溢的革命乐观主义精神确实值得我们敬仰，但毛主席是诗歌的体验者，而作者只是做为红旗渠的旁观者，能用如此动感十足、形象感十足的语言来表达，试想如果没有对现实生活的深切了解和丰富的想象力，加之一定的文学情怀和功底，是写不出如此令人喝彩的文字的。

一方水土养一方人。人文情怀是诗人彭崇谷骨子里与生俱来的基因，他的大部分诗都是在关注历史，审视历史，笔触伸向现实的每一个角落。而他的从政经历更能让他善于以独特的眼光和情怀对生活、历史万象做出不同于一般文化人的见解和表达。诗人独特的文化和历史见解，加之诗人时时刻刻跳动的文学脉搏，成就了诗人的诗词语言是如此地豪气，表达出来的智慧火花和思想是如此地深刻和具有见地。他几乎每一首诗，或是居高临下的大气，或是入木三分的深刻。他 "笔下风云百万兵"（《有感于以文载道》）显得豪情流荡；"万里苍山万里天"（《过唐古拉山口》）则是目吞万里；"不锁妖龙不罢休"（《丁酉湖南抗洪》）气势浩瀚，更是超乎尘垢之外的雄迈；"壮树勃发急雨后，轻舟快在浪激时。华年莫仿温箱草，当效梅香斗雪枝。"《七月二十八日观暴雨倒树折枝》又是如此地令人警策和发人深思；就连"岭上彩莺鸣翠树，河边钓父候渔船"（《春日回乡》）的闲逸中也免不了"市人莫醉华街景，哪比斯乡好种田"（《春日回乡》）的潇洒和豪放。

对于一些关注于现实和历史的题材，由于开口大，极易流于形式化和政治口号化，彭崇谷诗人的诗词很少这样。这是和诗人的文学修养密切相关的。诗人不但擅长于写赋，我知道的就有《三江源赋》收录入高校教材，《湘江赋》录入中学教材。同时诗人还擅长于书法和绘画，更喜欢深度的理性思考；他自觉和不自觉地从书法和绘画及理性思考之中吸取创作的营养和思想。加之诗人开阔的视野，独特的生活经历，让诗人写出来的诗词，自然而然就能站得高，看得远，不同于一般人的视角。当然诗人也有一些不很成功的诗作，个别作品语言不够精练，过于现代化和平淡，如绝句中的"宝位金山荣可慕"句，就诗意不够，冲击力微弱。但我相信，彭崇谷诗人作为人生战士的胜利者，作为有着领导气质和文人情怀双重特质的诗人，在"沁园春里好耕田"（《公务员学诗》）的激情驱动下，在"欲补苍天断此愁，长缨把祸囚"（《长相思·暴雨》）的豪情壮志中，在"十亿民心十亿关"（《丁酉秋登山海关》）的沉思中，我将会看到一个更加成熟的诗人向我们走来，一首首闪耀着"政治文学视角"、"笔下风云百万兵"的诗词向我们走来。

　　　　　　　　　作者向小文系《诗词百家》主编

目　录

诗稿

2013年诗稿

2014 年诗稿

2015 年诗稿

2016 年诗稿

2017 年诗稿

2018 年诗稿

歌词

状物对联

赋

诗稿

2013年诗稿:

咏趣

墨海文山乐作家，粗茶淡饭远离奢。
远声不赖秋风力，腹有诗书气自华。

自撰《三江源赋》由高等教育出版社编入大学语文教科书有感

吾赋大学充教材，文坛一遍赞声开。
功夫岂止东坡手？写尽江山万种材。

春夜游植物园

晶星宝镜夜沉天，万象安然入梦眠。
心泰尽消烦恼事，春风一缕醉如仙。

早春

布谷催出新柳芽，前川烟雨后山霞。
铁牛只虑农时紧，耕罢王家耕谢家。

醉春

清风朗日鸟歌忙，绿树山花红紫黄。
醉在茫茫花雨里，回眸一笑丽人香。

沁园春·湖南

湘楚多娇，日跃韶山，洞庭浪涛。览武陵胜景，奇峰耸立。桃源仙境①，红雨飞潇。柏绿炎陵，竹荫舜庙②，四水渔歌荡九霄③。瞻衡岳，正直冲星宇，雾滚云飘。　　儿郎自古英豪，放眼望，神州任舞腰。叹贾生策妙④，胸兵百万；曾公气锐⑤，力挽狂潮。左帅安疆⑥，德怀驱盗⑦，国有危难湘人挑！毛泽东，更翻新天地，锦绣今朝。

【注】

① 桃源仙境句，指桃花源，桃花盛开季节，艳红桃花呈漫天红雨纷纷飘落之状。

② 竹荫舜庙，舜庙，位于湖南宁远县，这里是中华始祖舜帝安葬之地。该地生产一种长有天然紫褐色斑点的竹子，毛泽东在《七律·答友人》诗中写道："九嶷山上白云飞"，"斑竹一枝千滴泪"。

③ 四水，指流经湖南的湘、资、沅、澧四条河流。

④ 叹贾生策妙，胸兵百万，贾生，指贾谊；策妙，指贾谊在《过秦论》《治安策》《论积贮疏》等文中提出一系列治国安邦的政治主张。毛泽东在咏贾谊诗中赞扬贾谊"胸罗文章兵百万"。

⑤ 曾公，指曾国藩，湖南湘乡人，别号涤生，他忠于清朝，采取了一系列文韬武略措施，不仅使危机四伏的清王朝放缓了走向灭亡的步伐，还造成了短暂的 "晚清中兴" 局面。

⑥ 左帅，指左宗棠，湖南湘阴人，1875 年（光绪元年）受清朝派遣督办新疆军务，率兵讨伐阿古柏，收复乌鲁木齐，和阗（今和田）等地，阻遏了俄国、英国对新疆的侵略。

⑦ 德怀，指彭德怀，湖南湘潭人，解放战争时期曾任中国人民解放军副总司令。五十年代初，美国发动侵朝战争，战火蔓延到了我国边境鸭绿江。彭德怀奉毛泽东之命，任抗美援朝志愿军总司令 ，率军入朝，与美军浴血奋战。终于把美军赶到远离我国的朝鲜南部"三八线"，迫使美军谈判停战。

骂疯子

西窜东闻两眼昏，亲朋老少乱相侵。
利牙好咬身前客，臭沫常喷邻里君。
性乱仇观风雅景，情失不念养扶恩。
世人皆骂亡情种，疯了自身疯子孙。

观某家房地产项目

不见芳林锦鸟姗，密楼蔽日垢尘翻。
安得画圣重挥笔，再绘清流抱翠山。

观某城市建设

方城月月换新装，处处挖机处处忙。
推了前山筑后岭，移开杨柳又栽樟。

看京剧《萧何月下追韩信》

熙熙天下涌人潮，渣土玑珠难选挑。
月夜追韩千古话，休闲骏马老栏槽！

咏曾国藩

国有藩城伟岸堂，危朝力挽擎天梁。
挥师率旅雄风展，吞血护邦利剑扬。
养性修身追孔孟，崇文重教促工商。
人生境界当何处？留下功名山水长。

清明感怀

茫茫烟雨雾沾枝，敬祖烧香可自知？
负义忘情多少事，唤回忠孝正当时。

清明晨步

雨雾云烟霭，新林锦鸟音。
群花争入目，一醉不归魂。

参加自撰文《崀山赋》立碑揭幕仪式

青山绿水鸟音潮，伟岸石碑拔地高。
笔墨文章千古事，声声赞语挽云飘。

【注】

《崀山赋》是我于 2012 年写的一篇赞颂邵阳市新宁县旅游风景区崀山的文章。2012 年经邵阳市人民政府批准，新宁县政府把《崀山赋》刻碑立于崀山进山的牌楼处。2013 年 4 月 9 日，新宁县政府在崀山举行石碑揭幕仪式，我应邀参加，故以诗抒怀。

处世歌

白云千载飘悠悠，西水难改向东流。
人生本是车轮转，不转事业怎能酬？
一生机遇不常有，良机来了莫呈踌。
为国为民应尽忠，岳飞高节应追求。
待人应是真善美，多交朋友莫结仇。
吃喝玩乐应有度，莫让悔恨白头留。
纵有才华别清高，须知强手隐神州。
一时得意休高傲，别忘关羽麦城羞。
升官进级莫刻意，仕途迢迢无尽头。
高台风光虽欢畅，下台冷落难免愁。
室有绫罗千百丈，登仙只须几尺绸。
珠宝奇珍虽悦目，双眼一闭空藏收。
琼楼雅室多何用，寿终黄土一荒丘。
莫笑高堂宾常座，谁家车马百年稠。
别叹子孙不争气，阿斗皇庭十年休。
少怨老友无情义，史上几个关张刘？
甜言蜜语少得意，林甫两面有人修。
炎凉沉浮平常事，何必当真枉悲忧。
既然抽刀难断水，不如驾浪长航舟。
进退有节度日月，平淡如常过春秋。

春游麓山幽谷

芳林新草艳花开，锦鸟飞蜂去又来。
一缕清风蝶影舞，有君峰麓采云回！

经邵阳县观乡景

一弯碧水悄然流，树影山光驾浪悠。
学子轻歌归路上，谁家牛仔号沙洲。

高速公路观翻车感怀

血流车毁状凄惨，惜叹无辜进鬼山。
处事为人休肆意，行程当慎莫车翻！

赴张家界诗三首

过益阳资江

飞车欲止赴武陵，桥拱飞虹楼隐青。
白鹭蹁跹新柳岸，轻舟载满一江情。

过桃源

清山秀水菜花黄，农父忙耕彩鸟翔。
陶令不知何处去，留得锦画美陶乡。

进武陵源

玉带飘飞峻岭巅，飞轮滚滚白云边。
水光山色迎车过，又听乡歌荡云天。

晨游武陵源溪布街

小桥碧水雅楼华，溪畔捶声闹洗纱。
店外娇娃迎你笑，任君快乐此一家。

观北京晨景

新枝绿草艳花开，钓父访鱼河柳台。
趣在稚童追犬乐，呼得春色北京回。

扬州慢·王陵感怀

野岭残阳，流云倦鸟，断枝落叶寂荒。帝皇今何处？纵然宝珍藏，上是下，荣华名利，风飘柳絮，飞雾晨霜。有无皆作梦，哪来平贱荣光。　　沧桑年月，走匆匆，时世无常。莫陷短识伤，初心别改，国事休忘，百姓欢忧心上，心如水，大笑炎凉。淡泊无烦恼，诗文娱我时光。

【注】

癸巳年冬日下午游览长沙市西汉古墓，此墓为西汉文景时期长沙第五代王吴著墓。该墓采用了当时最高礼制的天子墓葬形式"黄肠凑"。现墓已掘开，空留墓坑，坑中杂草丛生，一片荒凉，观之感慨甚多，故留词以述所思。

摊破浣溪沙·登山

皎月危峰落日残，天沉山暗暮云翻。蝉唱蛙歌夜风爽，路行难。　　举步石阶情意湃，酸腰柔腿汗难干。没到顶峰谁作罢、勇登攀！

水调歌头·国学班践行三周年纪念

菊桂染秋色，看俊彦激昂。绝学探索三载，四海赞声扬。学子明德宏志，师者传识授道，义众尽心忙。捐者似云涌，华夏铁脊梁。　　圣贤学，千古理，济时方。炎黄血脉，谁愿宏吕弃沙荒。幸有习公呼唤，唱响千秋主韵，我辈勇担当。广宇华风日，醒狮啸东方。

观老年剑术队晨练

凛凛雄风剑影霜，白发健步舞红装。
心中不计炎凉事，敢与仙翁比寿长。

与花工问答

问话紫薇何剪枝？只为明岁艳花姿。
平生不历波折事，哪有春光无限时。

咏同事相处

同行共事短时光，何必相争动剑枪。
狭路相拼无善果，俊贤海肚任船航。

【注】
俊贤海肚，意出宰相肚里能撑船，指为人要大气有度量，能容人容事。

咏学国学

浩瀚大洋巨库开，宝珍万种任君栽。
有谁慧眼识珠玉，无限春光伴你来。

夜步珠海雅园

流光月影夜莺眠，曲径廊亭水浪涟。
搂束清风消旧事，谁说老子不神仙。

珠海野狸岛乐骑自行车

犹记当年车伴日，刀风剑雨累难支。
春时不负千般苦，哪有天年愉悦时。

暮归

一线红霞西破天，水光山色树霭烟。
牧童牛背飞笛韵，农父荷锄罢耒田。

晚恋

林乱灯花映镜池，蛙声催梦鸟眠枝。
又窥情侣林荫下，不是词人也欲诗。

咏五一

又到五一满目春，风清花展绿成茵。
身于美景心无念，世上除非草木人？

寄语孙儿周岁

沛霖周岁笑声嘻，学语咿呀姗步追。
多少亲朋多少意，早成佳木报春晖。

咏对联

两竖墨痕寓意长，人文美景字中镶。
谁说汉语输英语，西域哪来联语香。

喜《莽山赋》立碑于莽山

赋碑又耸莽山怀，书法诗文鬼斧裁。
莫与方石说贵贱，千秋不断诵声徊。

【注】

《莽山赋》，是我2012年写的描述莽山风景人文的赋体文章，2013年春，宜章县及莽山管理局将《莽山赋》刻碑立于莽山。

游莽山

回弯险道驾云行，林隐琼楼玉露晶。
莺鸟欢歌林密处，飘来瑶妹妙声情。

笑牵牛花

昂首绿丛急亮花，缠枝附叶巧攀爬。
若逢叶落折枝日，问你凭何展艳华？

观石榴枝下小草感怀

小枝碎叶点花黄，隐没荫丛处野荒。
不比红榴高亮艳，乐居卑下放微香。

雨后游梅溪湖

雨后烟云梅岭新，风轻鸟舞万芳青。
邀来雅士欢一聚，把酒吟诗总是情。

观群雀喜戏

雀群欢乐竞喳叽，哪管高枝鹰鸟随。
立世休为情趣乱，须知天下有安危。

神舟十号升天

一箭横空入九天，穿云破雾月宫前。
嫦娥问话飞来客，我是故乡十号仙。

本人腾讯微博网友过一百六十万感怀

一生识浅弄辞迟，幸拜八方百万师。
不是吾诗能拥众，枯苗久盼雨来滋。

夏日观农事

热浪灼风赤日烧，牯牛戏水乐逍遥。
农机不惧犁耕苦，农父凉亭电扇摇。

观打工族村有感

阶沿草长挤门栏，孤老稚童日况艰。
捎话白云传讯去，亲人何日打工还！

观主人牵宠犬散步

小犬圆身寸步行，食居料理更精心。
问君恋物欢何处？怎比心空一路轻。

赏夜

夜茫山静鸟眠鼾，几点蛙声奏韵蝉。
星灿银河风亦爽，谁知闹市隐仙山。

酷热夏夜有感

幸有空调室亦凉，尽除燥热睡沉香。
问询无电偏乡老，昨夜可曾入梦乡。

炎夏乡景

灼风燥热焰毒阳，广野稻黄待入仓。
传话高天询玉帝，开镰之日可清凉。

夏晨观蝶舞

盛夏骄阳云彩驰，锦蝶极乐舞英姿。
可知天律秋声近，不可居安忘险时。

望城靖港参观青楼展览馆

青楼自古苦红颜，佯展风情血泪含。
何日阴霾一扫尽，神州不再怨婵娟。

秋日盼雨

焦天炎日雨踪无，塘裂河干菽稻枯。
天若有情天应雨，可知旱魅害农夫。

妇人路边清理狗粪感怀

路边粪便使人愁，有妇纸包公厕丢。
不到清风千里日，神州何以展风流？

秋夜湘江观焰火

火树银花不夜天，万夫悦目黛江边。
彩球爆落繁星雨，一片惊呼满客船。

观舞剧《一颗酸枣》

纵有钱财无比量，子孙乏力味何方？
悠悠万事人才大，休步玄德遗恨长。

【注】

1.《一颗酸枣》是山西舞剧院演出的一部优秀舞剧，剧中记述了山西一位财贯天下的大户人家由于儿子无为而衰落的故事。

2. 玄德，指三国蜀主刘备。刘备因儿子阿斗平庸而使蜀国为魏国所灭。

秋夜听雨

昨夜天沉秋意凉，点滴坠雨敲西窗。
日间多少烦忧事，一洗秋风入梦乡。

秋日永定观晨景

云茫烟霭远山秋，几妇洗纱锦鸟啁。
老父步悠杨柳岸，渔歌一曲荡轻舟。

为省教育科学研究院赵雄辉先生
著《悟教执笔》嵌名诗

赵公悟教几十秋，雄在识真志未休。
辉日西山霞彩美，声声赞誉满神州。

咏柳

强干弱枝不示傲，刚柔拂荡任逍遥。
根扎沃土千千尺，何惧狂风折我腰。

天际岭看情侣新婚摄影

我我卿卿摄艳照，红装素裹玉容娇。
文君司马今何处？多少柳花随水飘。

【注】
文君司马指东汉时期卓文君与司马相如相爱的故事。

秋游洞庭湖区

万里秋图万里妍，翠林楼宇稻黄川。
一行白鹭西飞去，几缕斜阳醉客船。

秋日书友酒后运笔

漆墨横流草纸张，兴来豪舞意犹狂。
看吾笔扫瑶池水，何惧它年不二王。

【注】
二王，指晋代大书法家王羲之、王献之父子。

个人文学艺术作品参加小展览

翰墨诗文入展辉，纷纷书友赞声飞。
艺程万里刚开步，不上昆仑马不回。

书趣

万众棋牌歌舞日，陋室迷我乐吟诗。
文人墨客原无种，功在笔秃千杆时。

重九日感怀

秋风秋雨染重阳，鬓角悄然上雪霜。
老骥不愁千里远，白须更比黑丝强。

驱车高速公路进贵州

群峰直立月星齐，俯首方知村寨低。
喜看飞轮循玉带，白云抱我九霄飞。

游贵州双乳峰

一双巨乳耸天奇，石造天工花草衣。
何方仙女抛春色，游郎情动乱嘻嘻。

纪念毛泽东诞生120周年

云开日耀自韶山，锦地新天华夏繁。
千古伟人神不老，赤阳何惧鸦声谗！

书法醉酒

饮酒七分虎气豪，龙腾凤舞笔飞高。
李白醉酒诗八斗，我发酒疯书怒潮。

冬日华容行

枯叶纷飞巢鸟吟，荒寂原野断人行。
愚公纵有移山力，难抵冬寒下洞庭。

参加华容宋家咀乡诗词吟唱会

原野萧寂云卷轻，乡村小院竞诗吟。
孩儿无意诗高下，捧把童声趣洞庭。

游华容古道

古道幽深险峻开，一夫亮剑鬼难回。
情释故主云长事，忠义千秋立史碑。

【注】
三国赤壁之战中关云长在华容放过曾有恩于他的敌军统帅曹操，成为历史佳话。

机关大院赏晨景

万点金辉洒艳英，几人醉景踏花行。
有谁号令绿荫鸟，一院叽喳闹晓风。

闻朋友花千元修复我丢弃的自书书法作品

条幅毁弃有君收，弃物犹如珍宝留。
莫道此公无慧眼，诗文千古壮春秋。

从长沙乘高铁去广州

车出岳麓楚天寒，钻洞跨河冬雾间。
半纸文章目未尽，飞轮一啸过韶关。

游夜市有君撞我车自留条承担责任感怀

撞车之后敢留条，责任重轻由己挑。
但愿普天君子气，迎来华夏早天朝。

【注】

2013 年 12 月 25 日晚，我在外陪客晚餐后在芙蓉中路购物，车停在一工艺品店前，等我和司机逛了几家商店后欲乘车回家时，发现有人在车驾驶室玻璃边沿留了一纸条，上边写道他停车不小心撞了我的车，如车有问题，他承担一切责任，并留下他的手机号码。此事使我不胜感慨，故留诗以记之。

2014年诗稿：

冬日游长沙关山村

云长巨像历风霜，流水苍山烟雾凉。
忠义骨风何处览？唯留渔父钓斜阳！

获文化部颁发的"一代翘楚特邀书法家"金牌

翘楚金牌盛誉夸，笔舟墨海桨勤划。
蜚声已过三江远，何必秋风气自华。

冬日感怀

冽风落木叶纷飞，草萎霜凝巢鸟隈。
谁信萧天寒日久，蜡梅笑指奔春归！

急于从广州回长沙却误登去深圳的高速列车感怀

北回心乱反南奔，处事为人务细心。
蜀相功成唯谨慎，云长大意诫今人。

【注】

2014 年 1 月 12 日，余去广州办事后急于当日回长沙，因买不到车票只好请高铁站的朋友送上高速列车，想不到朋友却粗心把我送上了南去深圳的高铁，我直到深圳后才知道错上了车，成为一大笑话。蜀相，指三国时蜀国丞相诸葛亮。云长，指三国时蜀将关云长，他镇守荆州时因大意被东吴偷袭兵败身亡。

游长沙洋湖

清波万亩爽如酥，翠树青芦锦鸟咕。
近醉湘江渔唱晚，远瞻岳麓彩云浮。
连天佛塔白云抱，幽港轻舟游侣呼。
莫道楚湘无胜境，洋湖有景胜西湖。

笑玩牌

玩牌取乐竞相吞，负者钱出似绞针。
久坐伤身多病痛，哪如诗赋养身心。

甲午新年初八日上班感怀

炮声百里震云台，百巷千门店铺开。
兴致又吟三两句，严寒难阻暖春来。

叹二月飞雪

已是春回三月天，倏飞冰雪冻前川。
天公又错时节事，难见菜花点稻田。

赞永兴

华南胜境殊，四海誉银都。
废品八方聚，白银巨库储。
山河多翠秀，街巷少脏污。
但愿清风畅，九州展彩图。

【注】
　　永兴县从全国各地收集废品、废渣回炉冶炼白银，成为没有银矿但白银产量在全国居首的产银大县，被誉为银都。

哀叹320客机坠海数百同胞空难

铁鹰盲眼乱翔天，枉致生灵赴九泉。
愤杖淫天三百棒，人间当断祸灾年。

咏菜花

绿叶红花参错开，蜂蝶深醉暗香回。
稀疏广野寒风起，难阻阳和春日来。

观风筝感怀

万事开头艰亦难，初飞筝鸟几回翻。
一当驾驭长风力，直破云天揽月还。

【感悟】

观风筝初飞，起始总有翻转挫折，而当顺风而上，则可翱翔长天。世间举事，初始难免艰难相伴，只要找出其运行规律，趁势而上，则可大功告成。故办事绝不可遇难即止，应善于趁势而为，攻坚克难，此成事之法也。

咏鹅

新柳清波几彩鹅，亲和戏水乐吟歌。
传言同路诸君子，何必相残动剑戈。

自书寿字被刻石于金盆岭感怀

石铭寿字耸巍然，雨雪风霜笑伴天。
利禄功名春梦事，哪如墨迹寿千年。

赞省人民医院介入微创医术

神奇医术病魔休，导管微针血脉游。
病情诊断明铜镜，危症治疗畅血流。
俊颜英发新业旺，学科创建快舟遒。
传书扁老华公听，今世苍生无病忧。

又笑喇叭花

枝扬喇叭白云花，欲亮妍容奋上爬。
待到枝折枯叶日，问君凭啥展芳华？

咏芭蕉

舒张绿叶仰青天，处位常择地角边。
不与群花争贵贱，只扬清气爽芳园。

观无土栽花感怀

花栽水上任流漂，紫绿红黄远望娇。
可叹根基无固土，岂能久远展妖娆。

赞断崖小灌木

琼枝碎叶首昂天，辉日迎风秀绿园。
不向苍天求沃土，危崖瘠地笑安恬。

电视机

小小荧屏银彩装，五湖四海古今藏。
四时气象知其早，百业兴衰告你详。
探宝淘金呈妙策，修身益智备良方。
朝陪暮伴超亲友，不亚深闺养二房。

长沙马王堆汉墓

长夜尘封古墓开，汉风楚韵荡天台。
夫人一醒千年梦，彩袖红颜笑客来。

松

铁鳞钢爪叶青茏，苍翠百年挺碧空。
一览群山皆是小，惊雷暴雨总从容。

和袁国平先生

挥桨扬帆一叶舟，天涯海角驾波游。
风凉不恼长空雁，松翠无觉天下秋。
交友诗书别寂寞，薄情名利何烦忧。
管他世态沉浮事，墨海文山任我求。

春日下乡

水绿山青秀满川，车贪胜景不思前。
一行春色千幅画，几点白云万里天。
黄鹂放歌新柳上，老翁垂钓碧塘边。
春光不可空流去，纵马飞蹄快舞鞭。

赴越南感怀

秦始本同胞，因何异道镳。
新规千载恨，旗舞待明朝。

【注】

异道镳，即分道扬镳。

公元前 3 世纪，秦始皇征服了百越，从此越南归属中国封建王朝版图多达十多个世纪。此后，越南长期作为中国的藩属国。1802 年，阮福映在法国支持下建立阮朝。之后接受中国清朝嘉庆帝的更改册封为"越南王朝"，正式建新国号为"越南"。1885 年，清政府与法国签订《中法新约》被迫承认越南从中国版图分离，成为法国殖民地。

筷子

小棒两支八寸长，碟盘扫尽显风光。
休言此物根基浅？千古风流伴炎黄。

从美国至上海乘飞机观云景

淡绿洁白羊脂润，和田万顷荡波澜。
呼妻买玉休出手，我驾铁鹰采玉还。

庆祝省诗词协会第七次会员代表大会召开

桂香橘硕朗秋天，墨客兴师岳麓前。
昔论无湘倾社稷，今说有楚半骚坛。
富民休忘鼠猫句，盛世尤呼屈贾篇。
唤起千家齐奋笔，芙蓉词赋岂当年！

【注】
    晚清工部尚书，书法家潘祖荫曾上书朝廷："天下不可一日
无湖南"，原中华诗词学会顾问、青海省诗词学会会长袁第锐先
生曾吟诗说："天下诗人半是湘。"

游湘西酉水

崇峰烟雨绿波澜，柳舞舟游白鹭环。
谁请画师挥彩笔，西湖飞到武陵山。

端阳感怀

云沉雨骤泪端阳，香棕龙舟悼汨江。
幸有清风驱雾障，当无楚史泪屈郎。

游泸溪

翠林伟塔彩莺啼，坦道雄楼车马依。
告慰屈翁诗祖乐，又出佳句赞泸溪。

湖州暮景图

青川烟霭暮阳西，倦鸟稀声巢树栖。
学子忘怀击水乐，农父结伴荷锄归。

晨听布谷

远山布谷唱声声，晓日云开霞彩风。
捎话床君休恋梦，春光趁早好行程。

重看《西游记》

颠倒是非恨怪妖，悟空难奈虎精刀。
何时玉境清霾雾，不复江山魔鬼号。

中南大学国学研究中心成立纪念

琴鼓声声雅韵纯，纶巾羽扇诵古音。
喜观老树结新果，赤县阳熙又是春。

【注】

纶巾羽扇句，指中心成立庆祝典礼上，中心学子穿着羽扇纶巾吟诵了苏东坡词《赤壁怀古》。

题《睡猫》图

懒占高台睡眼眠，管他鼠辈闹翻天。
朝官不理黎元事，何不回家品酒闲。

【注】

7月18日云太平街三缘堂陈羲明先生家一花猫在一台桌上瞌睡有感而发吟诗记之。

南岳黄庭观古松

劲松万仞耸天高，铁胆铜须气自豪。
何惧风霜施暴虐，千秋风骨不折腰。

观打篮球

你夺我抢竞一球，不进网篮不罢休。
奋勇拼搏千万里，怯懦退让付东流。

笑某地房地产过度开发楼盘长期空置

高楼蔽日挤天河，万户空寂鬼唱歌。
枯水竭泽鱼捞尽，子孙来日靠若何？

夜观深圳高楼

雄楼万仞挺天高，足下云飞气势豪。
若有风尘烦我意，呼来皓月抚我腰。

深圳观龙眼

惊叹龙王把眼留，琼珠满挂荡金秋。
休言果粒个头小，百姓不为生计愁。

云南鲁甸地震祭

泪荡云南地裂开，百千生命赴泉台。
何时缚住天公怒，不致九州再度哀！

天门山登高

仰望九天不见高，低头万岭小丸摇。
星辰不解吾来意，应约嫦娥共舞腰。

上天门山天梯

上天唯有此一梯，回首方知流雾低。
循道可登真境界，万级云顶赤阳羲。

斥薄情汉

客人一走就茶凉，不记曾为患难帮？
天下多少无情木，可知长短后人量！

游长白山天池

琼汁玉液展风姿，云影山光引客痴。
王母不知凡界事，瑶池何以比天池。

南岳山古松

——和赵焱森先生论廉诗

凌空耸峙志尤坚，傲视群峰势伟然。
雨涤雪凌尘不染，雷击霜冻色增妍。
高节挺拔山标立，正气凛生明鉴悬。
寒暑无意阴阳易，千秋风骨仰人间。

长白山山花

正逢鲜艳盛装时，休厌君来恋你痴。
若到红消香退日，残枝孤苦悔方迟。

李自健油画《龙舟中流击水图》

雄狮独斗被牛羞，独木成林不可谋。
万众同心齐奋桨，何忧险浪阻飞舟。

题狗尾草

柔枝绒尾舞纤腰，昂首目驰千里遥。
不慕高堂阶下草，迎风原野亦英豪。

观水府庙钓鱼乐

湖湾汉港浪清波，点点青山旋黛螺。
谁扇清风渔父醉，网收鱼鲤挤舱箩。

题湘潭县云湖桥镇农民诗人

锄完禾豆种诗联，词海扬耙何惧艰。
平仄酿成粮果硕，惊呼泥脚是诗仙。

过雪峰山

穿越洞天又洞天，轻飘玉带翠峰巅。
飞轮一滚千山过，又醉乡歌云海间。

赴南非诗三首

咏钻石

不御严寒不饱肠，只饰脸面摆风光。
管他价比黄金贵，更喜苍生养命粮。

金伯利黄昏观景

暮色苍茫西日遒，花红紫绿锦南洲。
晚辉饰染山河壮，天地怀心我自由。

游开普敦桌山

多亏此地标桌山，波异两洋天水蓝。
心有明标千里远，征程何惧九重关。

【注】

桌山位于南非最南端开普敦市，海拔 1086 米，山顶如桌般平坦，是印度洋与大西洋分界处的地标性山峰。古往今来当地人在桌山右侧的信号山设置信号灯以指引夜晚航行于印度洋与大西洋之间的来往船只。

从南非乘机往阿联酋迪拜大沙漠观景

不见芳林绝草花，长空未见鸟飞哗。
金阳洒遍黄尘尽，万里空寂万里沙。

咏菊

几夜霜风独自开，群芳皆慕占魁台。
只缘未落俗尘去，千古诗书喜剪裁。

又咏兰

淡然自在总无惶，琼叶昂扬又吐香。
不恋繁华图雅静，炎寒处处可家乡。

题秋钓图

云淡天高帆影悠，菊黄果硕闹蝉啾。
山青水碧莺雀舞，不钓鱼儿只钓秋。

题西施图

樱桃小嘴脸彤云，玉立亭亭目溢春。
莲步纤腰飞妙语，回眸一笑摄君魂。

观长沙暮景

远山楼隐暮阳归，绿柳江波帆影追。
把酒开帘观不尽，友人笑指彩莺飞。

瞻仰长沙橘子洲青年毛泽东塑像

英姿焕发目炯光，一代天骄豪气扬。
曾记当年击浊水，雄词千古壮炎黄。

咏2014年WBO(中国长沙)重量级洲际拳王争霸赛

两虎相拼争胜强，你击我挡鬼神慌。
相逢狭路争高下，不可沽名学霸王。

夜宿衡山竹林观

深山沉幕夜茫天，竹影凉亭蝉浪喧。
访道高师悟古训，清风化我幻为仙。

自书福字拍卖2万元捐献贫困学生

福字喜闻换万金，揪心学子食衣贫。
千呼快演复兴梦，杜甫不因寒士吟。

纪念陈树湘将军

伟岸陈碑树史台，湖湘大地挺英才。
润芝教诲新觉始，义举刀寒浩气开。
千里挥师百战胜，一雄阻道万敌哀。
断肠血换江山赤，绝曲惊天千古徊。

【注】

陈树湘（1905-1934），1905 年出生于湖南长沙。中国共产党党员。中央红军长征时他率领红三十四师担负全军后卫，同敌人追兵频繁作战。在湘江之战中，与十几倍于红军的敌人殊死激战四天五夜，弹尽粮绝，在突围中身负重伤被敌人俘虏，在被敌人押往驻地途中自己愤然从伤口处掏出肠子绞断，慷慨就义。

笑某地房地产过度开发楼盘多年空置

高楼蔽日垢尘多，万户空寂鬼唱歌。
虽是ＧＤＰ上日，水枯鱼绝泪山河。

恋花

万绿丛中一点红，亭亭玉立俏姣容。
回眸一笑心深醉，何日长欢一梦中？

话秋

山苍水碧伴菊黄，落木萧森茅草荒。
无意寒临春夏远，坦然一笑鄙炎凉。

秋夜散步年嘉湖

星隐茫空一镜幽，涛吟柳岸鸟虫休。
问言鱼鲤安宁否，静看嫦娥笑九州。

秋日乐钓

弱柳绿樟香桂花，山光水影彩莺哗。
渔郎竿舞清波荡，钓尽愁思忘返家。

合肥至武汉途中见顷顷良田荒芜感怀

地丰粮富岁无慌，千古治邦此策长。
今日肥田萋茂草，问天凭啥保国粮？

安徽行诗三首

巢湖观钓

金阳碧水锦平湖，近艳鲜花远茂芦。
妙在渔人弯钓处，飞鱼逗乐鸟儿咕。

黄山寒月观苍松

乱云飞渡冽风天，千仞青松苍劲然。
休恋温室无冻苦，风光尽在险峰巅。

黄山看农民挑货担上山，每百斤工酬50元

危岩万仞雾云翻，石道连天步亦难。
一个铜钱千点汗，须知生计有辛酸。

海南金沙滩观渔人驾舟

万里无涯尽大洋，水天一碧燕飞翔。
胸装五岳行舟稳，何惧惊涛扰我航！

海南临高县看牌坊长廊

两亿投资数里坊，只为荒野作围墙。
苍生多少急难事，莫把民膏当土量。

【注】

牌坊，通常用作山川名胜大门，一处多则几座。临高县作为一个国家级贫困县花两亿投资在市郊野外建连绵数里的牌坊，值得深思。据报载，2015 年中央有关部门严肃查处了这一乱投资事件。

寒冬日遇冷雨

风急又洒雨滴滴，野静路寂鸟影稀。
问讯偏乡孤寡老，御寒是否有棉衣？

咏湘菜

烹煎炒爆煮蒸汤，鲜辣咸香保健康。
名菜榜中为首位，不尝人世枉一场。

高树鸟巢

忽见高枝筑草巢，嗷嗷幼鸟挤跌跤。
待得半载时令后，万里长天啸大雕。

2014年学习习近平主席在文艺座谈会上的讲话

几度东风浩荡来，千秋古树艳花挨。
神州处处唐诗诵，西域乡乡孔院排。
圆梦尚须文化润，馨乡有赖惠风徊。
迎来舜日尧声浴，一啸雄狮英武开。

自撰《湘乡赋》刻石立碑于湘乡市人民广场

青山朗日白云天，铭赋辉金碑伟然。
短暂人生别误度，贵于踪迹彩人间。

题梅山秦人梯田照

玉带飘飞霞彩天，日光云影水梯涟。
谁知崇岭千重镜，竟是秦皇古稻田。

叹本人书法仿品入市

有日听著名艺术品鉴赏家贾越云先生说有人拿了我的书法仿品在市场上销售，我甚觉可笑，故吟诗感怀：

假字充真进市场，为图金币十来张。
顽石如可充金玉，任你仿家汗水长。

评鹦鹉

鹦鹉学言巧语音，乖声妙句悦君心。
说千道万空何用，唯有躬行值万金。

2015年诗稿

有感于李商隐被斥责背弃恩人令狐楚

情意如山不可忘，关公重义史留芳。
过河桥毁缺德事，草木之徒耻笑长。

雄鹰

目光闪电势如鲨，不惧风雷不信邪。
一览群峰皆是小，江天万里我为家。

新春三月沅江凌云塔观景

一塔凌云天际近，几帆驾浪洞庭春。
金花万点迎风舞，晚唱声声乱我情。

雪峰山隧道有感

芳林碧水彩云斑，险岭千峰钻洞穿。
今使江山多翠秀，愚公何必再移山？

题骑牛赶路图

骏马追风千里疾，耕牛种地好行犁。
莫学老子出关误，误把黄牛作马骑。

秋游攸县酒埠江

山川一望稻金黄，酒埠方圆酿酒乡。
拐李休愁囊尽酒，谁人家里酒无香？

【注】
酒埠江因仙人铁拐李不小心把随身带的酒倒入江中而得名。

题遛狗图

观主人牵三条狗散步，有感而诗

太多拖累步难舒，物欲过头主变奴。
世上奇珍图不尽，有时拥有不如无。

打篮球

我抢你夺狼虎天，攻防进退巧周旋。
为得胜券操吾手，退后原来是向前。

题谷穗

瘪稻空壳挺首昂，低头壮谷耀金香。
常言枪打出头鸟，甘处谦卑反是强。

题庄周梦蝶图

梦化蝴蝶翅舞翩，山高水冷总安然。
清风荡涤浮尘净，物我皆忘可寿年。

笑吹牛

天生我也好吹牛，吹破长天兴未休。
实干功成千古理，空谈万事付东流。

赞盆花

不分酷暑与寒凉，玉立花容翠叶张。
风采只因君意展，家花何止野花香。

题国家制砚大师吴笠谷先生所制石砚

古今珍景铭石收，笔墨倚君雅韵留。
妙用一方千彩砚，人生无处不风流。

【注】
吴先生已把我此诗书法刻在石砚上。

过渡

人生彼岸走一遭，何必抢登独木桥。
游淌划船皆可渡，条条路上好逍遥！

题弄棋图

兴起邀朋迷下棋，车冲炮打竞高低。
时常砺练克敌术，无惧家园盗匪欺。

题天鹅蛤蟆图

碧汉天鹅舞翅娇，蛤蟆异想食佳肴。
灵蛇吞象归一梦，量力而行胜数高。

叹书法界评先之怪现象

歪邪怪异好评先，王米书工习枉然。
上榜皆如稚子字，叹息书界乱翻天。

【注】
王米书工指王羲之、米芾的书法。

芝麻

琼枝碧叶迎风摇，夏月花红分外娇。
尽揽风云多历练，芝麻籽壮节节高。

观野藤在树腰开花

不在巅峰不显高，半途亮艳亦娇娆。
悠悠万事随缘去，休效盲蛇吞象招。

东北游诗 (六首)

参观沈阳故宫

皇院高墙殿宇连，无闻帝子王公喧。
世间多少沉浮事，尽付茶余谈笑间。

【注】
沈阳故宫是清太祖努尔哈赤建立大清王朝的皇宫。

从沈阳经长春至哈尔滨观稻粱千里

千里飞车粱稻黄，不亏东北是粮仓。
苍生社稷农为本，不可乱来薄种粮！

游威虎山感怀

雾滚云飞林海澜，险峰绝壁峙雄关。
千呼唤醒杨老九，不致凶雕再座山。

【注】
牡丹江海林市威虎山，东北解放初期是大土匪座山雕的巢穴，
解放军侦察英雄杨子荣潜入威虎山，用计获得座山雕的信任，里
应外合一举歼灭了座山雕匪帮。

牡丹江瞻仰八女投江群雕

浩气英姿奋舞枪，岂能屈首面豺狼。
但得十亿同圆梦，无由烈女再投江。

【注】

一九三八年十月，以凌云为首的八位东北抗日联军女官兵为掩护主力部队突围，机智地将百倍于己之敌引向她们的潜伏地一边，并与之浴血奋战。在弹尽力竭之际，八女从容投入乌斯浑河以身殉国。一九八六年九月，牡丹江群众自发筹资建八女投江群雕，全国政协副主席康克清大姐亲笔题词：“八女英灵，永垂不朽。”

游长春伪满州国皇宫

三宫六院古都幽，不见当年帝子跸。
权力不为民作主，自然波浪覆行舟。

【注】

一九三二年，在日本的操纵下，清朝末代皇帝溥仪在东北建立伪满州国，定都长春，该政权随着抗日战争的胜利而垮台。

民意

社稷苍生岂等闲，哪堪号令乱圈颁。
人间自有公平称，皆在茶余饭后间。

闻旧相识丢职感怀

一纸风吹锦帽飞，仕途难测有艰危。
劝君莫恋高堂坐，耕钓墨文福乐依。

某城市建设之怪现象

一路修挖来几番，湖塘填满搬青山。
可惜多少民膏币，化在荒唐一念间。

八月甘肃行组诗

游敦煌鸣沙山

彩沙千仞垒雄山，金字塔排泉月环。
风动沙鸣吾欲醉，惊哉千古一奇观。

【注】
　　传说此处风速急骤时，黄沙由山脚向山顶流动，故山形如金字塔并立，同时沙粒磨擦发出美妙声音，故名鸣沙山。

玉门关

不尽黄沙戈壁滩，古人哀叹见春难。
今时柳绿百花艳，万里春风度玉关。

敦煌观左公柳

古柳青青左帅留，沙川千里变芳洲。
抬棺效命千秋话，谁记荒庸万户侯！

【注】
抬棺句指左宗棠抬着为自己备用的棺材进军新疆。

游天水

山水抱城车马驰，休嫌僻地蛮荒坻。
学得昔日秦人志，便是春风万里时。

【注】
天水市位于陕甘宁川四省交界的河西走廊地带，古称秦州，
远古时期秦人先祖在此活动，经过漫长时期的艰苦奋斗建立秦国，
后统一六国而建立秦朝，成为我国第一个封建王朝。

从敦煌——天水——河西走廊

千里绿茵车马忙，山苍楼伟稻粱香。
雄鸡远唱莺音脆，呼唤当今演汉唐。

骑骆驼登鸣沙山

乐驭毛驼踏岭行，叮当铃响步声轻。
白云挽我巡天去，踏遍黄沙满地金。

从桑科草原到玛曲途中

无涯碧镜白云天，放眼千山尽绿原。
远处牧哥施号令，群羊迎客到车边。

题和平万岁图嵌字诗

和风鸽舞百合开，平浪红荷帆影排。
万里吉祥无战火，岁和月洽幸福来。

【注】

　　和风，和平鸽，百合花、荷花象征和平之物，此诗中4句第一字组成"和平万岁"四字，仅以此诗纪念抗战胜利七十周年。

布马凯先生《七律·写在中华诗词学会第四次代表大会召开之际》原玉

岁暮嗜文并未迟，芳园竞秀俏新枝。
一张草纸随君意，万丈豪情纵马驰。
莫叹词坛缺高手，方知华夏滚妙诗。
迎来文脉振兴日，万里神州锦绣时。

观"九三"北京阅兵

三千虎贲会长安，西域安能不胆寒。
奋起炎黄千百万，雄狮一啸跨重关。

乘高铁赴深圳车上读书

崇山叠岭绿波翻，荷艳谷黄锦鸟环。
轻啸银龙飞箭去，一文未了过韶关。

秋游橘子洲

花叶纷飞近晚秋，橘黄栗壮桂香洲。
人生正遇金时月，好驾长风万里舟。

题自作画，秋实图

勤则有报告君知，秋见蟹肥橘累枝。
若要白须无悔恨，务须挥汗在春时。

闻手机鸣叫

三朋五友聚一堂，哪位手机鸣叫忙。
溪水潺潺和鸟韵，更是阿哥喜洋洋。

过平安夜

人生何处最平安，岂是欢娱一夜完。
不陷金钱不误色，书棋米饭善琴禅。

巴西行诗五首

里约热内卢登耶稣基督山瞻仰耶稣雕像

天帝冥冥在上苍？世间原罪耶稣偿。
为人莫做亏心事，不虑余生有祸殃。

参观里约热内卢足球场

输了球儿亿众哭，几场夺桂号球都。
健身应是全民事，莫陷输赢误正途。

【注】

里约热内卢足球场可容纳 20 万观众，巴西国人最关心世界
足球比赛，曾因本国在世界足球赛中输球而国人痛哭。

参观里约热内卢州议会

一周几会未知完，好叫雄鸡无蛋堪。
马谡空谈多误事，微尘积累可成山。

【注】

马谡，三国时蜀国将领，好谈兵书，因守街亭兵败被诸葛亮
所杀。

仰观伊瓜苏大瀑布

何须东海觅仙山，万丈飞流卷玉澜。
彩鸟鸣歌花艳处，蓬莱挂在彩云间。

经巴黎机场归国感怀

法鹰舞翅欲攀天，不见雄风拿氏年。
自古兴衰无定势，不鞭奔马自难前。

【注】
拿氏指拿破仑，法国在他执政期间曾兴盛成为世界强国。

题蟋蟀夜鸣

山野夜风轻，星稀银月升。
众生皆入梦，听我正发声。

鸡鸣图

茫茫寂夜起微风，万里鼾音万里蒙。
为使众生知醒梦，不惜啼叫两三声。

参加中南大学国学教授团赴英国
交流中华传统文化诗（三首）

（一）

近平归去尚余香，又到英伦传道忙。
天下华声回荡日，环球一望笑炎黄。

【注】

　　我和中南大学组织的教授团队赴英国进行文化交流前两天，习近平主席刚结束赴英国的访问归国。

（二）

咏东亚与西欧时差

午别幽燕奔西飞，咬住金阳步紧随。
东亚钟行达子夜，欧天未到晚霞辉。

（三）

剑桥大学观蝗吃时日钟感怀

蝗吞时日不停留，岁月无情枉自愁。
夙愿欲酬须趁早，无由悔恨随白头。

【注】

　　剑桥大学于二十世纪在一古墙上安装了一自鸣钟，钟内设计一蝗虫不停地吞食时间，观之感慨万千，吟诗以记。

本人书法作品公益拍卖助学

重金买字气如牛，善举只为学子谋。
天下愿多忠义士，爱心无界润春秋。

观炼钢工人炼钢

不论星来星落天，心焦火烤钢炉前。
一分财税千滴汗，莫把民膏作纸钱。

冬观银杏落叶

扬枝挺干斗严寒，落叶纷飞天地间。
日月不失初始志，黄金砸碎锦江山。

冬咏红枫

万绿深林一树红，风华不与众芳同。
迎风斗雪强筋骨，不落陈俗纷乱中。

咏昙花

万物生发谁久留?昙花一现半时休。
人生贵在惜分秒，不让时光空自流。

【注】
　昙花从花蕾至盛开仅半小时，真可谓惜时如金，吾辈皆须向其学习。

2016年诗稿

常德市鼎城行诗三首

参加草坪镇"中华诗词之乡"授牌仪式

谁道斯乡仅草坪？文风雅俗誉京廷。
千村万户迷诗日，喜看江山享太平！

赞农民诗人张飞

此公不似猛张飞，作赋填词用墨肥。
锄罢兴来吟两句，诗声和着彩云归。

喝擂茶

擂茶几碗醉清香，黄豆芝麻伴老姜。
街市虽繁多困挠，真情惬意在农乡！

寒冬晨观老翁山顶路边练书法

笔毫挥舞字奇遒，虎劲虬龙山顶游。
文脉千秋流不断，不愁华夏不风流。

寒冬感茶花盛开

万花凋谢落泥时，看尔飞红点翠姿。
循道当开新境界，风光最在挺一枝。

乘车赴常德途中观暮景

日上西山颜愈赤，漫天彩画锦云织。
黄昏莫道余晖短，无限风光唯此时。

赞云中再生科技有限公司

泪荡南城起祸殃，罪魁废料耸高冈。
但得悲剧毋重演，渣土再生大地香。

【注】
南城起祸殃句指二〇一五年十二月深圳发生垃圾填埋场塌陷导致数栋房屋倒塌数十人伤亡事件。云中科技是科技型渣土再利用企业。

雪天观冬鸟

广野萧寂花木凋，寒凝天宇北风刀。
蛰虫潜洞泣冰雪，勇鸟凌空斗雪豪。

望城书堂山观自撰并书《欧阳询赋》石碑感怀

赋刻石碑映夏秋，欧翁神韵此中收。
功名利禄烟云去，笑在墨痕青史留。

【注】

望城书堂山是唐代初期政治家、书法家，楷书欧体创始人欧阳询的故乡，我应邀作《欧阳询赋》并刻石立碑于此。

立春日看新苗破土

翠绿新芽虎气冲，开石裂土岂平庸。
虽说仅是不改角，来日花香果硕红。

冬日天际岭晒太阳

清风疏树彩莺喧，静享暖阳眯眼恬。
远避红尘繁恼事，千金难买任清闲。

猴年春节作《灵猴图》题诗

又见猴来快似风，敢呼大圣比输赢。
几翻筋斗凌空上，趁势腾飞到顶峰。

【注】

2016 年生肖属猴年。

正月初六雨中听杜鹃竞啼

丝丝新雨树芽纤，布谷声声远岭巅。
几度寒霜拦不住，春光已进楚湘天。

题铁树开花图

何惧雪霜冽，长吸日月华。
经年多砺炼，铁树亦开花。

题极目九天图

极目九天舒，飞莺船影浮。
春花红胜火，烦恼洗归无。

天际岭赏樱花

又见长空白絮飞，香风薰笑丽人眉。
几声鸟韵云天外，童子吆喝蝶影追。

题春光图

白玉花开千碇玉，梅苞艳染万枝红。
几鸭嬉戏春塘水，千里江南美画中。

有感于衡阳虎形山建人防公园并撰赋立碑

笙歌曼舞莫忘忧，犹记南洋鲨害道。
防盗须知严蔽户，固瓯更要早运筹。

【注】

湖南衡阳自古以来为兵家必争之地，2012 年，国家人防部门在衡阳虎形山建人防公园，将国防工程与市民休闲融于一体。余应邀作《虎形山人防公园赋》，近日此赋被刻石立碑于虎形山。

固瓯：瓯本意指盆盂，此处引申为国家疆土坚固。

天际岭观樱花盛开

一夜东风白絮飞，山沉云暗曙空灰。
玉皇无奈天仙女，恋着花郎不愿归。

恋春

翠岭清风歌彩鸟，桃红白玉醉茶香。
何时刀断时流水，挽住春光彩我乡。

笑春寒

严寒倏降雪冰崩，满目凋花零落声。
不信寒云能蔽日，桃红依旧笑春风。

赞樱花

漫天飞白絮纷扬，玉雕银饰素点装。
无意红黄登富贵，有心淡雅久清香。

毛笔

尖尖毫末展奇招，提按横撇气势豪。
草纸一张随我意，行云流水任逍遥。

观杜鹃含苞不放

含苞不放色犹浓，风骨藏于胸腹中。
若是杨修知隐敛，何来鸡肋怒曹公！

【注】

　　杨修句，指三国时期曹操谋士杨修才华出众，一次曹操攻打
刘备的汉中时久攻不下，便以"鸡肋"作为军中口令，杨修便对
人说"鸡肋吞之无味，吐之可惜"，丞相快要撤军了。曹操便以
杨修扰乱军心为由将其斩了。

晨游澧水

一河明镜荡轻舟，浪舞青峰鱼鲤游。
又见钓翁来柳岸，雄鸡催醒厩中牛。

桥

为人处世似修桥，南北东西友善交。
且看赵州桥不朽，霜年不愧阁王邀。

【注】

赵州桥坐落在河北省赵县，建于隋朝开皇十一年，距今 1400
余年历史。

咏湖湘诗词

曾左诗谋天下靖，谭秋咏笑横刀时。
文功武治随吟唱，千古湖湘半在诗。

【注】

曾左指晚清名臣曾国藩、左宗棠。谭秋：谭指戊戌变法的反
清斗士谭嗣同，秋指秋瑾。

祝省诗协网站《国艺天地》运行

又到桃红柳绿时，骚园新艳喜扬枝。
风云驮着诗声走，千里潇湘万里诗。

春日登山赏杜鹃

杜鹃啼血杜鹃红，五彩河山五彩虹。
一览尽收湘楚景，身于幻境妙图中。

绣球花

喜看佳人抛绣球，牡丹掩靥愧知羞。
游郎性乱情难止，一缕芳魂早尽丢。

观双头龟有感

双首一胸行路愁，莫非前世惹天仇。
劝人多做积德事，莫效哥奴乱用谋！

【注】
哥奴指唐宰相李林甫的小名，李林甫因口蜜腹剑遭史上唾骂。

丙申春日下乡

山清水碧壮鲢游，坦道华车锦鸟啾。
楼内欢声牌九乐，农兄今日更风流！

题《中华辞赋》杂志社举办的中国百家山水诗赋文化工程

古今名胜赋为魂，黄鹤楼凭崔颢吟。
借助诗书多润色，何忧山水少游人！

观看越剧《梁山伯与祝英台》

鹊桥拆断泪鸳鸯，千载梨园佳话长。
堪叹世风污浊染，红尘滚滚少祝梁。

湘乡重修褚公祠撰文并刻碑有感

破头喷血报唐皇，瀚墨一家青史芳。
自信人间扬正气，祠碑千古褒忠良。

【注】

　　褚遂良（596年–659年），字登善，杭州钱塘（今浙江杭州市）人 ，祖籍阳翟（今河南禹州），唐朝政治家、书法家。褚遂良博学多才，精通文史。隋末时，跟随薛举为通事舍人。归顺唐朝后，任谏议大夫、中书令执掌朝政大权。贞观二十三年（649年），与长孙无忌同受太宗遗诏辅政，升尚书右仆射，封河南郡公。后出为同州刺史。永徽三年（652年）召回，任吏部尚书，监修国史，旋为尚书右仆射，知政事。因坚决反对立武则天为后，贬为潭州（今长沙）都督。武后掌权后，迁桂州（今桂林）都督，再贬爱州（今越南清化）

刺史。显庆三年 (659 年)，卒于官，享年 63 岁。天宝六年 (747 年)，配享高宗庙庭。

贺深圳湘籍企业家听涛诗社成立二周年

自古湖湘多俊彦，五湖四海总称雄。
今时再演陶朱梦，大业功成诗赋中。

【注】
陶朱指陶朱公范蠡，春秋战国时期巨富。

题胡耀邦故里碑林

耀邦故里绽奇葩，廉政箴言汇百家。
书法铭碑千载誉，清风万里秀中华。

【注】
中央及省市纪检部门在浏阳市胡耀邦故里兴建了廉政书法碑林。我应邀撰赋代为前言并书法刻石立于碑林中。

赞钉子

休说钉子貌平常，入木三分可透墙。
吾辈践行学此物，一年胜过十年强。

赞"五一"劳动节

常栽树木可成林，淘尽尘沙自有金。
多少汗珠多少果，古今天道总酬勤。

观老鼠欺猫视频有感而作

哀哉老鼠把猫欺，颠倒阴阳怪事蹊。
立世若失英武气，难逃鹏鸟变成鸡！

赞黄兴

黄公华夏栋梁材，克帝反封血战开。
强势无私行大义，芳名永远史碑栽。

【注】

黄兴，字克强，此诗把黄克强姓氏镶嵌于内。

观两君共伞而行有感

谁倒天池雨漫乡？几人共伞走忙忙。
庙堂若是皆充伞，百姓何忧雷雨伤！

登安化云台山

谁于云上垒平台？万亩新茶列队挨。
喜看村姑尖巧手，杯中娇靥笑郎来。

忆童时水面飞石感怀

俊木横空拔地高，全凭根系钻深牢。
谋功如铁当沉底，不可飞石水上漂。

题叫鹅图

昂首鸣歌震荡天，不知下蛋不羞颜。
只闻雷电无来雨，叫喊千声何益然？

题磨针图

天道喜酬勤，常亏懒惰人。
流得千日汗，铁棍可成针。

乘飞机赴贵州高空览景

轻纱烟雾霭青山，万里长天一望蓝。
休告家妻生醋意，今时看我吻星还。

游茅台镇即兴

摆摆摇摇袖舞扬，哼哼唱唱似癫狂。
问他三日无沾酒，只怨普天漫酒香。

庆祝建党九十五周年

开橹南湖九五秋，中流击水显风流。
我为花甲一划手，余血一倾万里舟。

吃榴莲感怀

当年闻是臭，今日品为香。
香臭原无界，全凭心度量。

咏彭祖

武略文韬辅帝王，一樽羹液保尧康。
彭城掌柄千秋旺，德政施民万户昌。
学问五车传孔老，寿年八百叹仙皇。
祖德回荡泽天下，壮我中华永脊梁。

游云南香格里拉诗二首

普达措国家森林公园见鲜花长在牛粪堆上

贵贱何为界？尊卑不可量。
若无牛粪养，哪有艳花香！

森林公园观枯木

是谁用意毁林残？枯木迎风荒野间。
身腐不失英武志，仍存风骨仰青山。

王村改名芙蓉镇有感

古街石径小楼幽，谁见玉容声韵留？
影视昙花一现事，怎登青史显风流！

【注】

王村，指今湘西永顺县芙蓉镇。王村是原镇名，这是一个有
2000 多年历史的古镇，因 20 世纪姜文和刘晓庆主演的电影《芙
蓉镇》在此拍摄而改名芙蓉镇。

夏夜与友岳阳南湖散步

挚友沿湖迈步匀，晚风拍浪爽胸襟。
人生难有一知己，一语掏心胜万金。

夏月咏荷

昂首虚心境，迎风笑碧天。
污泥难染我，清香漾依然。

观樱花落叶

春日花繁银絮妍，秋前叶落萧萧然。
人间衰旺平常事，朝看流云暮看烟。

再赞湖南诗词协会岭南儒商诗会成立

湘楚英才闯岭南，不甘万贯裹腰还。
诗文激荡珠江水，大写春秋天地间。

咏昭山

君王无不爱昭山，鸟舞青峰碧水弯。
万里江南一胜境，笑声揪住白云环。

【注】
　　昭山位于湘潭与长沙交界处。据传周昭王南巡曾上昭山。青年毛泽东也游览此山。

中秋夜观天宫二号发射成功

伊人今夜奋飞天，欲挽嫦娥舞月巅。
喜且中秋天地共，银河亦是我家园。

西安行诗 (四首)

从西安赴延安过金锁关

四轮飞滚过秦关，虎蹦龙腾翠岭环。
秦汉雄风今又在，险峰过后是平川。

华清池观大型歌舞剧《长恨歌》

妙舞天姿绝唱和，可惜极乐患国疴。
今人多忆唐皇泪，华夏再无长恨歌！

【注】

《长恨歌》是唐代著名诗人白居易叙述唐玄宗与杨贵妃爱情故事的一首长诗，西安以此诗为题材编成了大型歌舞剧上演。疴，重病之意。

西安观烽火台感怀

孤台耸峙望苍茫，堪叹周天一笑殇。
自古荒淫必误政，长燃烽火固国防。

【注】

堪叹周天，指周幽王烽火戏诸侯引美人一笑，导致亡国。

参观西安兵马俑及延安感怀

陶兵土马引秦亡，窑洞油灯立业昌。
呼唤清风新广宇，长别禹甸复咸阳。

九月九日重阳节武汉参加海峡两岸中华诗词论坛

又到重阳霜霭时，江城兴会畅言诗。
秋风虽剪陈荷绿，岂阻金菊怒放枝。

深秋天际岭赏桂花

巧把绿衣裁，金花锦首开。
风轻香欲醉，疑是玉人来。

咏全国第三十届(湖南攸县)中华诗词暨冯子振词曲研讨会

正是桂香菊怒时，攸州兴会百家痴。
秋时又注春风力，自信今诗胜古诗。

【注】
攸县古称攸州。

延安观黄河壶口瀑布

黄河一泻九天来，壶口劈石滚惊雷。
险岭重山挡不住，千秋华夏驾波开。

杜鹃中秋发新芽有感

又观杜宇挺苞枝，寒暑阴晴不易姿。
腹有玑珠天地气，无时不是风光时。

向日葵

玉立亭亭万籽香，日出日落赤金装。
浮华无损高洁志，一片丹心总向阳。

祝诗友以诗养身（二首）

诗友姚建军女士年过花甲，并装心脏起搏器。后又作更换起搏器手术。她以诗养身，诗作如云，出院第一天即赋佳诗。有感于诗可养身亦作小诗两首赞曰：

（一）

术后精神未见伤，豪情更有好诗章。
寒冰愈显苍松劲，秋色方呈桂蕊香。

（二）

莫向丹仙求健康，哪如雅兴赋词章。
诗中自有长生药，可与天公比寿长。

参加太行山石板岩镇高家台村村民联谊篝火晚会

烟飞红焰火腾红，宾主一圈欢乐融。
一道乡歌魂已化，炉溶血水幻觉中。

秋日河南行组诗

秋游安阳

一望商丘古气氲，皇都几度帝王君。
秋风又扫飞花去，只见许些甲骨文。

【注】

安阳是早期华夏文明的中心之一，是甲骨文最早发现地，《周易》的诞生地。历史上先后有商朝、曹魏、后赵、冉魏、前燕、东魏、北齐等七朝在此建都。安阳殷墟是我国第一个经考古证明了的都城遗址。

参观林县扁担精神展览馆

一根扁担两肩挑，破雾穿云越岭高。
箩里千村连万户，草鞋系脚步逍遥。

登飞龙峡一线天

暗现光明一线悬，壁缝深处径幽连。
捷足登上高峰顶，穿破浮云便是天。

步太行山玻璃天路

云空明镜路高悬，雾滚云飞脚下天。
俯首千山皆是小，方知我在九霄巅。

太行山绝壁攀高树

看我猴爷树上飞，惊乎雀鸟几声悲。
有心余热温国土，岂惧年华过古稀。

题掩耳拒听图

世事纷繁议论飞，谁能识破此中谋。
不如掩耳防喧吵，少信流言少是非。

题善官图

无胆无明目，无肩亦哑言。
尖尖头利钻，快步好登天！

冬雨日观银杏叶飘落路边

飘零一叶耀金黄，曾使春乡染彩装。
虽落尘泥犹有志，冲出浊霭放清香。

红旗渠颂

丙申十一月，我应邀参加中国法制文化研究会组织的"中国梦、法治情——普法万里行走进红旗渠"普法活动。深为红旗渠工程之伟大而震撼。1960年，河南林县在缺钱缺粮的艰苦条件下组织十万军民在太行山山腰的悬崖绝壁上奋斗十年，开凿了一条主干渠长70多公里全长1500公里的红旗渠，引来漳河水彻底解决了林县百姓千百年来十年十旱带来的深重苦难。被世人称为人工天河。该工程共削平1250座山头，架设151座渡槽，凿通211个隧洞，修建各种水利建筑12405座，挖砌土石方2225万立方米；据计算，如果把这些土石垒成高2米，宽3米的石墙，可修一条从哈尔滨绕行北京至广州纵贯南北的又一条万里长城。开创了我国历史上自力更生，艰苦创业的一大奇迹。但愿吾辈不致被优裕的物质生活而将这种精神淹灭，有感于斯，特作《红旗渠赞》以述其意。

滚滚清波天上来，一路欢歌尚云台。
万丈沟渊脚下过，一飘玉带壁上裁。
凌风驾雾虹桥渡，穿洞攀峰碧浪徊。
鹏鸟飞临忧破胆，悟空光顾亦惊呆。
未忘昔日天可恨，年复一年旱殃灾。
滴水如金无处觅，千里荒凉万户唉！

村头鬼哭无主庐，路畔草掩白骨堆！

忽地一声春雷滚，民军天降阵上排。

肩扛手提钎锤舞，地动山摇万旗栽。

十万血汗十年苦，不尽悲歌不尽怀。

尽摔焦秃千载害，满目稻粱百果挨。

牛羊鸡犬欢翠岭，闹市旺铺伴良宅。

千里风光千里画，一方胜景一方财。

何止重山通渠道，千古丰碑耀尘埃。

常念后庭花下泪，不忘极乐声中哀。

卧薪尝胆经年砺，本色初心满腹塞。

十亿炎黄同席梦，千秋华夏盛世开。

【注】

后庭花，指南北朝时期陈朝皇帝后主陈叔宝作的一首歌曲名《玉树后庭花》，其辞轻荡。陈后主因沉迷于声色歌舞之乐而荒废政务以致国家被隋所灭。故此歌暗喻为亡国之音。

咏杜鹃寒冬花开

绿裙玉靥艳娇容，又放清香冷冽中。

立世常积天地气，笑完春暖笑寒冬。

长沙坐磁浮列车

惊叹银龙树顶飞，无须悬胆念安危。

一冲万里鹏程去，大笑西风乏力追？

参观曾国藩家教纪念馆

前不久赴双峰参观曾国藩家教纪念馆。曾国藩家族始终秉承着一种节俭家风，其孙一件毛衣竟然补丁无数。正是这种崇俭尚廉之风使"富不过三代之说"在曾国藩家族没有重演。近百余年来曾氏家族人才辈出，数代不衰。故以诗曰：

起落炎凉似夜萤，几家光景百年欣？
荣国府演兴衰泪，旺在粗衣守补丁！

【注】
荣国府指《红楼梦》中的贾府游湘乡东台山。

湘乡吟

青山古塔映天光，此地育才羞帝皇。
坦道东西飞玉带，几波涟水壮华乡！

【注】
位于东台山下的东山学校曾是毛泽东求学之处。

咏长沙地铁

2016年诗友小聚，大家以余《咏桂花》诗中"风轻香欲醉，疑是玉人来"句拈韵吟诗，限五律咏地铁。余拈风韵，试吟诗如下：

穿梭快似风，地底任直横。
方便往来客，疏通塞堵城。
土行孙叹愧，阴府鬼发懵。
满载复兴梦，飞驰万里程。

【注】

土行孙为《封神榜》中人物，擅长遁地术，可地底日行千里。

冬夜十二咏长沙年嘉湖

二〇一六年十一月六日夜散步年嘉湖，见流花溢彩，波影湖光。此时明月辉空，游人接踵，即兴而诗十二首，以畅其怀。

（一）醉

红装素裹乐园冬，又沁飞歌妙韵中。
树浪婆娑楼浪舞，湖如平镜月如弓。

（二）美

月挂冬空夜色凉，灯辉楼影树苍苍。
嫦娥仙子知之否，足下蟾宫逊故乡。

（三）幻

星摇月动浪中天，灯影斜楼荡浪巅。
传话鱼虾息妒意，嫦娥龙子正情燃。

（四）静

月映灯花横树长，风轻浪静鸟息香。
吴刚休闹杯中酒，别扰鱼虫笑梦乡。

（五）爱

月透绿纱树霭茫，请君绕道走他方。
一双恋侣沉情海，哪管路人妒火伤。

（六）愿

炼客如流奔走忙，官民老少具轻装。
月明浪静湖光醉，脚下花开福寿长。

（七）志

轻身健步亮吴钩，孤影寒光乱月愁。
拼打方圆来日梦，谁甘岁月枉空流。

（八）虑

渔哥守浪竿丝扬，何必迎寒夜钓霜。
倘若捞得鱼蟹尽，此湖何以乐游郎？

（九）忧

月追午夜上山梁，稚子滑冰兴愈强。
岁暮方知人世短，青春莫误好时光。

（十）梦

灯辉楼伟自思量，息叹贫寒害僻乡。
何日春风拂万里，九州不再闹炎凉。

（十一）思

一湖宝鉴夜光澜，灯火廊亭映彩斑。
处处安逸皆乐境，别忘刀剑亮边关。

（十二）鉴

广镜高悬镰月孤，清风爽步兴尤殊。
乱声噪韵难迷我，守住冰心鉴玉湖。

咏君子兰

月季易沉沦，幽兰久抱春。
贪心多险祸，无欲可为君。

【注】

月季娇艳多姿，一年几开几谢。君子兰素淡，虽一年只开一次花却显高贵雅致，前日几诗友小聚，兴至以"君自故乡来"拈韵作诗，余拈君字韵，故作此诗。

登《岳阳楼》

一楼飞峙水云边，风雨苍桑耸伟然。
南望巴山云霭雾，北连吴楚浪怀天。
子京佳话街头颂？文正名篇青史传。
执政当为天下乐，和珅粪土骂万年。

赞老骆驼

面朝沙碛背朝天，寒暑不辞血汗咽。
为使苍生脱困苦，何惜负重步残年！

2017年诗稿

参观石门县白云山茶场品白云银毫

云岭银毫星月低，可惜陆羽误相期。
调来雁阵南飞去，捎片白云慰我妻。

【注】
陆羽，唐代著名茶学家，史称茶仙、茶圣。

参加省政协十一届五次会议

群英与会议华堂，指点春秋神采扬。
妙策可谋天下计，丹心化彩锦湖湘。

人生随感

醉罢茶杯又酒杯，兴来泼彩韵声飞。
常呼骚友吟三句，不管炎凉与是非。

冬游天际岭

茶花不谢又梅开，春色依依满岭待。
游子无愁冰雪苦，高歌豪嗓吼云台。

贺丁酉鸡年春节

一唱雄鸡星耀天，最宜舞剑练弓弦。
国人休恋温床梦，好驾春风万里船。

春节天际岭观梅感怀

不附热流随艳时，洁冰玉雪久为之。
群芳无主随风落，笑领春头唯你枝。

春芽

破土尖尖一点新，生机无限抖精神。
任他雪雨狂风剪，笑染江山万里春。

冬日夜宿迎宾路酒店凌晨认错手表时间

六时误认作七时，只怨心中又涌诗。
夜幕灯昏街树暗，心开放马任奔驰。

丁酉贺元宵

晓日上寒梢，苍山鸟语潮。
血凝情不断，万里共元宵。

题不倒翁图

肚大能容天下事，眼眯不望利名高。
心中淡定如山岳，八面风狂我不摇。

人生随感

草扇轻摇好纳凉，粗茶淡饭朴衣装。
陋室八尺随心乐，无欲无求是帝皇。

赞语言障碍青年艺术家正鸿君

鸿鹄奋翅舞长天，何惧黄钟难放言。
才艺无因困苦减，誉声直上彩云端。

冬日天际岭观落花感怀

万物欣荣有限时，哪堪岁月总流驰。
花当赏日须知赏，莫待花凋空赏枝。

二月十五日情人节感怀

婚装卸下又言分，同路多忘前日恩。
广野飞飘铜臭味，何方可见有情人？

贵州行组诗

咏贵阳黔灵山弥猴

圆眼尖腮短尾扬，攀岩爬树脚欣长。
假如懂点尊卑礼，亦可为官效帝王。

咏贵阳

林茂山环锦鸟悠，阳明论道劲先遒。
黔驴今有屠龙术，抖擞雄风震九州。

【注】

① 明正德元年，王阳明被贬贵阳任龙场驿丞，在被贬三年期间他创立了龙冈书院，开课授徒，此后又讲学文明书院，首次提出了他的心学思想，力主知行合一说。

② 黔驴一句源自成语"黔驴技穷"，此处反其意而用之，指贵阳人民已找到了强邦富民的道路与方法。

题贵阳甲秀楼

一阁耸立一江流，甲秀英才甲秀楼。
今古风云一联尽，何须骚客再搔头。

【注】

甲秀楼为贵阳第一名胜，建于贵阳市城区南明河一巨石之上。明万历二十六年由贵州巡府江东之组织修建，取"科甲挺秀"，"人文甲天下"之意。该楼主联为清代翰林刘玉山所作，共206字。此联写尽了与甲秀楼相关的自然与人文景观，比号称天下第一长联的昆明大观楼长联还多26字。

贵州思南观乌江北去感怀

常闻西水向东流，却见乌江北上悠。
何必随风追柳絮，出奇制胜占魁头。

痛心于中原一些县市胡乱决策建所谓新型农村社区，损失数百亿元（二首）

（一）

金钱百亿化成灰，一角一分血汗堆。
堪叹庙堂夹混蛋，糊涂圈点万夫悲。

（二）

事物生发慎主张，南橘北枳是经常。

鸳鸯可点不能乱，寒月插禾绝稻粮。

【注】

① 2017 年 2 月 14 日《文萃》报记载，2013 年以来，中原一些县市在农村建设规模大到楼房有十余层高、三四十栋成片的所谓新型农村社区，房子建成后农民却不愿意购房居住，有的则成为烂尾楼。自 2013 年以来这些地方有 1366 个新型农村社区停建。这种脱离实际、好大喜功的做法直接损失 600 亿元。据说其他省也有类似情况。余见报后痛心作此诗。

《三江源赋及其历史思考》一书首发感怀

无意暮年沉与浮，江山风雨岂糊涂。

何惜倾尽身心血，为壮九州鼓与呼。

三月四日，中国书籍出版社为我出版的新书《三江源赋及其历史思考》在省图书馆举行首发式，省政府原副省长唐之享，著名作家、长篇小说《曾国藩》作者、中国政府出版奖得主唐浩明先生及到会的专家学者在会上高度评价此书的家国情怀以及对人生修志创业的激励意义。故有感而作此诗。

观某地换栽前年夏日所植之树有感

皆知七月酷阳残，春月移株花木繁。
堪笑暑天迁树令，无知岂可庙堂间。

三月八日参加全国著名女诗人惠州西湖诗会

何甘走线守窗帷，红玉抗金擂鼓槌。
且看诗坛多靓女，巾帼豪气胜须眉。

【注】

红玉句，指南宋抗金女英雄梁红玉在长江抗金阻击战中亲自擂鼓奋战。

晨游天际岭樱花园

芳容俏丽更风流，去岁别离念未休。
但愿风媒全我梦，留伊厮守到白头。

赞诗人企业家湛哲宏先生捐三十万元支持发展湖南诗词文化事业

胸怀国事乐和忧，哪管分毫血汗谋。
乐把唐金捐伟业，声声赞誉伴江流。

春游武当山诗二首

见众多绿树被春雪压倒断枝

已是桃红锦鸟咕，突飞暴雪斩枝秃。
须知得意春风处，防患之心不可无。

上武当山金顶峰

森森神庙古悠悠，悬壁凌云仙子愁。
万岭泥丸峰底乱，不登金顶不甘休！

游襄阳米公祠谒米芾像

落笔千钧霸气牛，古今岂止万家谋。
江山常见元章墨，何必专心万户侯。

【注】

米芾，字元章，宋代大书法家，武当山上"第一山"为米芾所书。

见一土洋离奇的房产项目

西装彩冕怪而奇，无章杂乱凑东西，
可惜一块和田玉，落入泥尘枉叹息！

有感于庸者误事

谁驶黄牛斗战场？误功焉有不国殇！
何时天下忙伯乐？不误良才作栋梁！

丙申冬月街头观两翁吵架有感

芒锋刺猬几相融，楚汉交兵一梦空。
胯下爬行知智者，何须争色较雌雄。

【注】

"胯下爬行"指汉初开国功臣韩信还是平民百姓时，他甘愿忍受淮阴屠夫的侮辱，从屠夫的胯下爬过去。

将错就错题聂茂教授对联

三月二十三日与老友中南大学文学院博士后导师聂茂教授相聚，余送新作《三江源赋及其历史思考》给聂先生，并拟在书之扉页从上至下竖写"聂茂先生指教"，结果在扉页之顶端一落笔却写了"茂"字而未写其姓"聂"字。而顶端已无空间可加字，正茫然不知所措，突发一奇想，便在"茂"字右边写上"聂"字，然后改写成一嵌名对联，"聂府才子，茂林奇葩"。将错就错，亦成美事。聂教授亦喜之。

处世纷繁错事挨，南辕却往北辙徊。
妙乎暗渡陈仓计，柳暗花明由此开。

游天际岭名花园

你看鲜花花映侬，云霞艳照万腮红。
问君识否花人面，哪是芳卉哪俏容？

游武汉黄鹤楼组诗（三首）

（一）

足横欲断大江流，揪住龟蛇鹦鹉洲。
眼内风光何止瘾，敢攀绝顶第一牛！

（二）

彩柱飞檐挺九霄，城郭乡野尽春潮。
远观万里东流水，后浪总超前浪高。

（三）

伟楼耸峙水云连，鹤去诗追咏万千。
骚客休夸崔颢句，今人妙句愧诗仙。

游诸葛亮故里襄阳隆中（二首）

（一）

起伏群山水碧清，卧龙舞处虎狼惊。
人生当展凌霄志，留下生前功与名。

（二）

轻摇羽扇展风流，抗魏联吴巧运筹。
天下三分成史话，一书诫子诵千秋。

【注】

　　诸葛亮，字卧龙先生，湖北襄阳隆中人，协助刘备联吴抗魏建立蜀国使天下三足鼎立。他在其家训《诫子篇》中提出了有志为君子者，应俭以养德，静以修身，淡泊以明志，宁静以致远，学须静，才须学，学以广才等思想，成为历代仁人志士励志成才的座右铭。

有感于国家原主席李先念为红旗渠题词"山碑"并赞修建红旗渠领导时任林县县委书记杨贵

何须费力马裘肥？利禄浮华絮雾飞。
贵在春丝纹热土，青山为你万年碑。

赞今日诗坛

江水滔滔卷浪驰，新枝总是胜旧枝。
骚家万万佳诗涌，莫叹今诗逊古诗。

丁酉春参观河南安阳殷墟（二首）

（一）

奇域阴阳两界殊，芳林绿草隐殷墟。
王侯妃子今何处，千古文明甲骨书。

（二）

萋萋广野水流环，坑墓森森骸骨残。
常念当年商纣事，不重血泪漫乡关。

【注】
安阳殷墟为商朝后期首都王宫遗址，商最后一位国王商纣王因荒淫无度被周所灭，20世纪在殷墟发现了无计其数的甲骨文字。

题安阳洹水湾大酒店

琼楼室雅亮窗开，锦鸟竞啼幽径回。
春色满园关不住，千红万紫笑朋来。

郑州行诗组（三首）

四月一日乘高铁赴郑州参加中华诗词创新高峰论坛

（一）

一望中原万里开，铁龙飞箭画中裁。
千秋才俊风流尽，又见春潮滚滚来。

（二）

烟云广野绿毡稠，今古英雄竞未休。
霜了青丝心岂了，黄河举酒泛中流。

（三）

郑州拜访老友

身到异乡非异客，相逢故友胜似亲。
中原千古风流地，大写春秋又在君。

游安阳袁世凯陵园

功在掀翻清帝麾，可悲又把玉章窥。
人生休做亏公事，以免后人评事非！

【注】

袁世凯（1859-1916），近代著名政治家，军事家。清末新政期间积极推进近代化改革。辛亥革命时期逼清帝退位用和平方式推翻清朝，1913年当选为中华民国首任大总统，1915年12月自称皇帝复辟帝制。因遭国人反对83天后被逼取消帝制，1916年6月6日因病去世。后葬于安阳。

汤阴岳飞庙秦桧五奸贼

奸贼作恶九州仇，千万游人痛骂抽。
正道岂容邪道笑，千秋休想再抬头！

【注】

岳飞庙门外铸造着合谋害死岳飞的奸臣秦桧及其妻王氏、张俊、万俟卨、王俊5个奸贼的铜像，五贼面对岳飞像长跪于地下，千百年来供人们唾骂指点抽打。

谒杜甫故里巩义市诗（三首）

（一）

苍茫烟雨宝车驰，满目新枝换旧枝。
汉相唐侯皆不见，今人只诵少陵诗！

【注】

杜甫，唐代伟大的现实主义诗人，字子美，自号少陵野老，出生于河南巩县。

（二）

忆杜甫《茅屋为秋风所破歌》感怀

《茅屋》一歌千古留，草堂虽陋主风流。
秋风无损诗声壮，当鉴高堂万户侯。

【注】

公元759年秋后，杜甫弃官来到成都，在朋友们的帮助下在城西浣花溪畔盖了一座草堂，也称杜甫草堂，一次草堂为秋风所破，他写下《茅屋为秋风所破歌》，表达了自己对天下寒士的关怀之情。

（三）

游笔架山

笔架山奇诗圣灵，雄词妙句鬼神惊。
江山常改春秋色，不变千年颂少陵。

乘高铁见某墓地有感

大墓豪茔满岭开，死人正抢生人宅。
今人当念来人事，莫至儿孙无地哀。

2017年谒周文王演《易经》故里河南安阳羑里

身处危难莫自悲，文王羑演易经台。
山重水复疑无路，石破洞天彩景开。

【注】

周文王名姬昌，商代末期为西伯侯，即商西部地区诸侯之首，商怀疑姬昌有反商之志而将他囚禁于今河南安阳羑里近八年，姬昌在被囚期间专心于"演易六十四卦"而著《易经》，在中华文明的发展史上写下了辉煌篇章。

叹世态

夏热冬寒是正常，管他世态有炎凉。
扶难行善非商贾，莫计他人报短长。

纪念中华诗词学会成立三十周年

古树千秋展翠姿，何妨骤雨冷风时。
杈丫不断芳芽秀，总是新枝胜旧枝。

咏太极拳

轻开弓步静无声，宛转推拉一掌风。
舒气病驱千里外，弱柔助你寿福生。

湘雅附二医院上手术台抒怀

痛卧诊室手术台，隔房又闹叹息唉。
一针麻药魂已散，无阻诗思入幻来。

"五四"青年节赠语老友

五四飞来好个节，白发莫信老和邪。
球文牌钓经常事，且看八十仍少爷。

叹操办电视诗词晚会久日无诗

纷纷事烦思想迟，只惜半月久无诗。
人生何处佳心境？妙在清心寡欲时！

夏见老友免职文件感怀

半世酸甜显府回，忽来一纸笋竹飞。
荣华日照山边雪，爵禄风吹塔顶灰。
历代王侯排御殿，今时枯骨垒荒堆。
且勤笔墨书诗赋，闲乐山川举酒杯。

贺湖南省直诗会成立

哪堪文脉势衰凋，湘楚千秋骚客娇。
忽报新枝苞亮壮，年嘉湖畔滚诗潮。

从长沙乘高铁赴河北

古来赵燕自风流，帝子豪杰竞未休。
正驾铁龙飞羽箭，方知今日更为牛。

【注】
河北春秋战国时期为赵燕之地。

参加湖南人精神研讨会

五月二十六日岳麓书院及左宗棠研究会组织全国一些著名史学家和英杰贤俊后裔举行湖南人精神研讨会，我应邀在会上发言提出湖南人的精神内容很多，最显著的特点是血性，深得大家认同。故有感而诗：

万家书院论湖南，血性化融湘楚间。
且看几多忠义士，谁惜肝胆垒江山。

题河边散步图

心正无非欲，未思肥鲤携。
常沿河畔走，就是不湿鞋。

观荷

清清碧水满池塘，新叶犹如绿伞张。
但见陈枝三两处，芳魂化与嫩荷香。

金鱼

安享池缸惬意游，无忧饱暖度春秋。
问君知否空间小？万里江湖好自由。

过"六一"儿童节

（一）

五四欢完乐六一，佳节总与我相依。
心中不较阴晴色，谁信夕阳逊晓曦。

（二）六一节观爷孙比赛羽毛球

六月又逢首日天，青丝皓首竞球翩。
你来吾去狮龙舞，拍起球飞莺燕旋。
不计得失无悔恨，无求名利有欢恬。
春风可染桑榆翠，不信耄耋不少年。

春游惠州西湖苏堤

楼浴春阳翠树稠，花荫桥拱苏堤悠。
时光易换江湖色，诗赋不失万古留。
仰看云空追劲鸟，俯观肥鲤竞潮头。
劝君休恋身边景，无限风光万里舟。

游宁乡香山

未进香山已醉香，鲜花绿树翠竹芳。
一湾碧水欢鱼鲤，几缕清风洗恼惶。
日上西峰松愈劲，云托鹏鸟势犹强。
告君莫恋眼前色，且看前方锦彩装。

赞湖南工业大学在全省高校率先成立诗词楹联协会

湖湘自古盛文才，喜见新株学府栽。
红杏一枝关不住，东西南北滚诗来。

秋日天际岭观绣球花谢

岭上绣球花谢乱，路边新草蕊熏人。
花开花落花常艳，不信春归不见春！

丁酉夏雨日迈步天际岭

水漫沟溪湿霭氛，伞张赤足踏泥尘。
常将筋骨击风雨，何惧病魔近我身！

乡下小溪

门前溪水悄声流，虾蟹游鱼戏未休。
柳下肥鹅歌不断，咚咚蛙鼓扰人愁。

夏日晨步天际岭

迈步闲心入翠薇，几莺轻语杜鹃飞。
清风又剪浮尘网，可喜霜年少是非。

夜读《春秋》

鸟困檐竹淡月胧，无闻远市噪声浓。
灯前神往春秋境，拈着笔儿沉梦中。

八月一日晚秋风忽起

微风昨夜送秋凉，闹市僻乡皆梦香。
寸寸光阴如逝水，华年不可付汪洋。

夏抗洪诗三首

观雨伤怀

连日瑶池倾底倒，决堤断路毁禾秧。
黎元何日司天令？雨雪阴晴自主张。

长相思·暴雨

路上流，满川流，浊浪滔天绿稻休，河鱼楼上游。
你忧忧，我忧忧，欲补苍天断此愁，长缨把祸囚。

赞湖南抗洪

谁倒瑶池暴雨遒？洪波滚滚扰江丘。
山崩路断千村苦，地陷楼倾万户愁。
百里固堤抒浩气，中流救难抖风流。
三湘情义三湘汗，不锁妖龙不罢休！

立旧居湘乡汤家仑远眺潭市并衡山

千里衡山为我屏，龙腾虎踞紫云升。
雕鹏久展凌霄翼，昂立湘中雄此峰。

长沙市先导区组诗

月亮岛

湘水南来弯月衔，华街两岸揽青山。
诗情漾满春光画，又见波扬万里帆。

滨江新城

听涛十里耸新城，绿捧华楼对话星。
异彩飞歌圆梦处，谁疑湘楚第一声。

咏洋湖

平湖十里展新颜，不见昔年浊水旋。
芳苇无涯排碧树，沟湾有意诱游船。
楼通幽径花争艳，塔抱流云鸟竞喧。
极目湘江千里远，飞舟击浪又当先。

天际岭赏紫薇感怀

剥皮截首不觉愁，来岁枝荣艳夏秋。
万紫千红皆逊色，艰辛砺炼有风流。

夏日暮观骤雨

沉云吞落日，骤雨剪繁花。
雀抖阶檐下，鹰击云浪家。

春晨

晓日辉林丽，新花俏脸妍。
学童急入校，农父竞耕田。
春洒一身汗，秋收百担钱。
时光如逝水，志者早扬鞭。

有感于七月二十八日晚狂风暴雨截树折枝

劲树荣于骤雨后，轻舟快在浪激时。
华年莫效温室草，当效梅香斗雪枝。

丁酉立秋游天际岭

春樱短暂谢芳姿，夏日燎伤嫩树枝。
秋月休愁萧落叶，霜来又是艳花时。

有感于南岳艺术讲座

　　八月十二日至十七日，湖南诗词协会诗书画艺术院组织四十多位书画家赴南岳南台寺举行"喜迎十九大——南岳情诗书画采风培训讲学"活动。我应邀与省美术家协会主席朱训德先生就"如何创作真善美的艺术精品"作专题讲座。当晚宿财富山庄。突然感悟艺术当追求真善美，为人处事又岂能不真善美呢！故作诗曰：

衡岳秋风秋雨凉，南台论道见天光。
心怀真善方为美，万里行程莫渺茫。

秋日天际岭赏野兰

翠绿玉立芳容扬，不恋庭花立锦堂。
室养娇花旬月换，兰居原野久清香。

夏趣

炎日长天烈，荷花别样红。
青青杨柳上，几鸟竞歌中。

夏晨牧牛

风梳青草见黄牛，杨柳依依彩鸟啾。
桥畔书声学子影，诗声和着水声悠。

夏夜思

室外风清夜送凉，东来明月又敲窗。
遥知西塞枪栓响，又念兵哥难梦香。

【注】

中国与印度曾在两国边界锡金段洞朗地区发生争端并持续3
个多月，形势十分紧张。

访福田区

林荫坦道宝车连，花艳华街笑荡天。
雀诽树高堪笑止，无伤猫论惠当年。

晨游天际岭

远岭声声杜宇歌，又闻莺鸟妙音多。
花容笑问游郎话，未免无心醉此坡。

2017年庆祝湖南省诗词协会成立三十周年

奉赵焱森老会长原玉

屈翁神采育英华，衡岳轻歌荡海涯。
莽野诵吟金缕曲，校园平仄木兰花。
休言唐韵成凋叶，喜看今词正晓霞。
待到国人齐奋笔，春风更惠舜尧家。

参观长沙县湘丰茶业公司弥猴桃果园

倒挂猴儿万紫黄，青棚藤蔓绕台桩。
谁家开此蟠桃会，王母可知此果香？

咏湖南诗坛

屈贾遗篇滋秀枝，万千子弟任奔驰。
文功武治一吟就，湘楚雄风壮在诗。

读《猛将必发于卒伍》有感赞李作成将军

不改农家子，又成社稷梁。
青松多壮劲，华夏固金汤。

秋游北戴河诗五首

中秋日见一高档别墅酒店因反腐萧条冷落

琼楼闭户荡蛛虫，乱草横阶室寞空。
昔日喧哗何处去？秋风声里笑春风。

登山海关

一斩通途锁海山，千军万马枉凶顽。
和风甘露滋天下，十亿民心十亿关！

鹰角山瞻仰毛泽东塑像

当年反掌救神州，诗赋谁人敢比谋。
堪笑夜鸮讥日彩，光辉无损耀千秋！

【注】

1954 年毛泽东曾登此山观海，并作词《浪淘沙·北戴河》。

观海鸥安然栖息于海浪

海空一色际归无，鸥鸟栖波稳处孤。
心视鸿毛如利禄，任它风浪携沉浮。

凌晨观渔人出海

混沌东天色暗朦，渔人荡桨驾长风。
心中自有丹心壮，何惧惊涛险浪中。

公务员学诗

工余迈步仄平巅，不恋棋牌与钓船。
淘尽尘沙拾翠羽，沁园春里好耕田。

十月十日参加全国第三十一届诗词研讨会夜宿河北磁县嵩景楼

诗家担道义，千里赴磁州。
室外萧声骤，春心未入秋！

祝贺郑欣淼会长七十大寿

寿在深秋胜似秋，江山纵马任风流。
高原洒汗牧乡誉，故阙寻真新论道。
力举骚旗开胜境，宏吟古曲挺潮头。
有功韬略壮华夏，无意留名史亦留。

登磁县天宝寨

千古豪杰地，花扬峭壁悬。
群山佛祖梦，紫气荡云天！

【注】

天宝寨系河北太行山脉名胜，登上顶峰，观远山连绵起伏，状如形态各异的卧佛。相传东汉帝刘秀，北齐阁老郭荣曾避难于此，明开国大将徐达，常遇春曾率兵驻此，抗日战争时期刘少奇在此建了八路军129师兵工厂。

咏长沙

天心日耀绿荫稠，今古雄风荡未休。
莫叹高堂缺楚士，诗江湘子荡中流。

重阳节

杜鹃花绽报重阳，又见樱花伴桂香。
谁道人生无再少？秋光深处有春光。

游天际岭观十万向日葵园

饰金涂粉锦盘开，蝶醉暗香蜂舞来。
纵使云遮终向日，何惜筋骨化尘埃。

初冬游石燕湖与孙儿斌斌攀爬天网

水碧山青胜似春，凌空张网朗阳曛。
攀爬上下顽猴乐，谁是爷儿谁是孙？

题将军骑牛出征图

圈圈点点乱涂谋，总有昏庸使众愁。
伯乐何时司帅令？疆场不致用黄牛。

庆十九大胜利召开诗（三首）

（一）代表进京

简提行礼进车厢，北望关山意气慷。
一晃飞车轮启动，痴心早已过安阳。

（二）喜讯

楼外鹊歌报讯来，京都有喜焰花开。
呼朋痛饮三杯酒，一撸轻衫把鼓擂。

（三）春潮

锣鼓喧天响不休，楼前狮舞亮红球。
神州又洒春风雨，大笑今秋胜往秋。

题残疾诗人周永军

晴天霹雳嫩芽悲，诗赋情怀谁比裁？
多少英杰出困境，新苗挫后是奇才。

参加全国诗教会议

自古诗文育化人，镇江兴会策纷纷。
且将甘露滋芳物，绿了秋山又是春。

登京口北固楼感怀

妙句千秋北固楼，烟云万里染金秋。
长江后浪推前浪，岂止英雄惟仲谋！

【注】
南宋著名词人辛弃疾任镇江知府时曾作词《南乡子·登京口北固亭有怀》，留下了"何处望神州，满眼风光北固楼""生子当如孙仲谋"的千古名句。

冬咏江南

万里江山万里雯，红枫银杏染金氛。
冬风纵有千钧力，难阻红梅早扳春。

叹人生

一梦人生随浪流，何须沥血苦行舟。
黄金玉带飞花絮，只见诗文万古留。

再赴深圳诗词（二首）

（一）

参加"大美中华梦圆福田——中华诗词节"颁奖晚会见青年诗人获一等奖感怀。

圆梦福田竞赋诗，佳言滚滚醉君痴。
春风绿透南洋岸，又见新苗高挺枝。

(二)

拜会著名诗人厉有为先生。

霜时俊态仍风流，四卷诗书雅未休。
昔日拓荒司号手，今时又是拓诗牛。

【注】

　　厉有为先生曾任深圳市委书记，全国政协常委。著有《悟牛斋诗词》4卷。此次我和岭南儒商诗会的正副会长一起拜见厉老。我书写了一幅"寿"字，敬献厉老，作品上有题厉老的嵌名联"有佳诗千载吟唱，为惠政四方欣荣"，厉老欣然同意任湖南省诗词协会顾问。

2018年诗稿

咏冬

不见冬云冰雪连，春风送爽暖和添。
心清不被浮尘染，总是花红紫绿天。

咏冬芽

冬芽露脸嫩尖尖，无畏风霜雪雨连。
遥感春风声已近，心欲跃试撑长天。

看电视观机器人与诗人创作格律诗词大赛

无血无心无限知，奇思妙句醉人痴。
惊乎机智超人智，来日人寰谁把持？

回忆一九七七年恢复高考

沙场选将挽危澜，卅载耕耘岂等闲。
老骥解鞍情尚壮，有心余血染江山。

观某市臭水河

楼隐污流臭气氛，行君掩鼻走纷纷。
捎言锦上添花吏，当悯雪天思炭人！

闻书法作品送予马英九先生

2018年1月18日，台湾中华湖湘文化促进会召开年会时，把我书写的"厚德笃实"书法横幅送给了中国台湾原国民党主席马英九先生，深得马先生赞许。特作诗以记：

鸿雁传书跨海疆，鲜花美酒意深长。
惊涛千里情难断，缘在同根共舜皇。

卸任省政协常委感怀

岁超花甲又来春，画赋诗书乐晚辰。
草野高堂皆有景，宏图寄望后来人。

观诗友表演

健步轻身彩袖连，轻歌曼舞影翩跹。
梨园不乏回春力，姥姥爷爷变少年。

春晨

东天晓日透霞云，新草鲜花玉露纷。
醉在深林莺语脆，一声唤醒万山春。

纪念《国歌》作者田汉诞辰120周年

当年禹甸患危疴，大吕狂飚四海和。
若使江山无易色，九州不止此一歌。

踏春

眼满葱茏手捧春，游人采景挤纷纷。
谁家紫燕掠空过？剪下红黄一遍云。

雨后赏樱花

昨夜凄风横扫狂，万花纷谢苦中伤。
折枝未了丹心愿，零落尘泥不断香。.

晴日赏樱花

头顶丹霞万朵云，目收翠岭鸟歌音。
清风洗尽心中雾，满脑欢欣满脑春。

看游友赏花摄影

人摄花容花映人，红黄白绿艳缤纷。
吾逢佳境心神爽，不在青春胜似春。

春夜暴风雨后观落花

狂风昨夜扫东西，落叶残花满路溪。
处世须知防变故，时空随处有危机。

清明悼母

千里返乡雨霭茫，墓前忆往泪湿裳。
倚门望子形犹在，守枕嘱言恩岂忘。
利禄功名霜雾短，亲情厚重日辉长。
青山着意挥纱舞，采朵山花敬母香。

周日游春感怀

满目芳菲满目云，蜂追蝶绕闹纷纷。
花当艳日当知艳，莫让韶华空度春。

四月重游太原诗四首

琼楼坦道古并州，犹荡文公霸气遒。
常记三家分晋事，不圆国梦志谁休？

【注】

① 太原古称并（bīng）州。

② 晋文公（公元前 671 年或前 697 年—前 628 年），姬姓，名重耳，是中国春秋时期晋国的第二十二任君主，前 636 年至前 628 年在位。晋文公文治武功卓著，是春秋五霸中第二位霸主，也是先秦五霸之一，与齐桓公并称"齐桓晋文"。

③ 三家分晋，指中国春秋末年，晋国日益衰落，下属公卿势力膨胀，晋国最终被其所属六卿中韩、赵、魏三家瓜分并建立韩、赵、魏三国。

游晋祠不老泉

风华易老泉难老，富贵难留文可留。
贵在红尘浮躁远，一圆清镜映春秋。

【注】

不老泉位于太原晋祠内，泉旁石崖上有历代文人墨客的诗文石刻。

度日

人生苦短几回秋，时有欢欣时有愁。
莫让韶华空度月，青春枯汗晚风流。

太原双塔寺景园赏牡丹诗两首

醉西施

朝思暮想美人姿，喜在斯园会伊时。
月貌玉容非幻影，何须夜梦醉西施。

紫霞仙

芳园又亮紫霞仙，碧服琼肢显玉颜。
四百春秋形不败，亭亭玉立道如仙。

【注】
双塔寺牡丹园有两株牡丹长于明代，现已400余年，分别名为醉西施、紫霞仙。

祝贺深圳听涛诗社成立四周年

不输秋柳聚诗娇，常滚玑珠充粤霄。
五岭重关拦不住，楚风又荡海天潮。

【注】
秋柳，指清初著名诗人王士祯创立的秋柳诗社。

题官渡步云楼

彩雕飞角尽消愁，千里风光一览收。
又驾春风歌浩气，步云直上九天楼。

咏红军通道转兵

转兵通道赖毛公，克险夺关万里红。
何必新时循旧道，宏图皆在变通中。

【感悟】

通道转兵，这是记叙二十世纪三十年代中国工农红军长征途中决定其生死存亡的一个重大历史事件。1934年冬，共产党领导的中央苏区红军由于左倾路线的影响未能粉碎国民党军队的第五次"围剿"被逼进行战略大转移。按照原定方针是撤离江西中央苏区后北进湖南湘西与红二、六军团会合。但国民党此时已发现了红军的战略意图，蒋介石在中央红军往湘西方向途中部署了几十万军队以图一举歼灭仅保存的3万中央红军。12月12日，中央红军进入了湖南西部山区的通道。在毛泽东的极力主张下，中央负责人召开紧急会议，讨论红军前进方向问题。会上当时在中央主要领导岗位的李德、博古仍坚持北上湘西的计划。毛泽东根据敌我双方的军事态势，建议中央红军放弃原定的北上计划，立即转向西，到敌军兵力比较薄弱的贵州去开辟新的根据地。参加会议的多数同志赞成和支持毛泽东提出的方针。据此，会议通过了西进贵州的主张。12月13日，中央红军在通道境内突然改变行军路线，分两路转兵西进贵州。从而避免了被国民党军队的围歼，改变了红军危局，为红军长征的胜利尊定了基础。通道转兵体现了中国传统文化"道法自然"的时变观。它给我们以深刻启示：

客观世界万事万物都是发展变化的，因而我们的认识和行为必须随着客观世界的变化而变化，切不可墨守成规，刻舟求剑。遗憾的是现在有不少人，尤其是一些主政一方的要员大吏，习惯于抱着条条框框，照本宣科，只知猫眼向上，不能深入实际发现问题；或明知有问题也无主见，不敢担当，不敢直面矛盾早日解决。致使社会有些老问题多年前如此，几年后还如此；而一些新问题，诸如什么明星偷税漏税事件，疫苗事件，却是按下葫芦浮起瓢，结果损了国家，害了百姓。但愿这些先生从通道转兵中受点启发，增加点担当，增加点实事求是，则国家幸也，黎民幸也！

通道县城双江观夜景

流光溢彩愧星辰，浪荡龙宫梦幻深。
我欲分辉三两束，贫乡济予夜朦人。

见山溪滞水感怀

水恋幽溪乐自悠，虾虫作伴不知愁。
炎炎烈日焦泥土，何不江湖万里流。

题灵蛇图

惊险时时有，荆棘路路杈。
屈伸行万里，进退是赢家！

叹万千粉丝关注明星私生活

狗儿喜臭狸迷香，又叹猫围鱼腥忙。
若是王八成显贵，龙庭何望是安乡！

游九江诗（二首）

秋咏九江

戏水观山话古楼，江湖万里荡飞舟。
邀回陶令庐山恋，无限春光何处秋？

【注】

① 九江古名浔阳、江州，彭泽县等。位于江西之北，依庐山，临长江连鄱阳湖，江南十大名楼浔阳楼建于此，晋时大诗人陶渊明曾在此任彭泽县令。

② 《庐山恋》，二十世纪八十年代在庐山拍的一部以庐山为背景，赞美改革开放带来的新生活的电影片名。

题浔阳楼

云悬飞角雾含梁，壁磊佳词彩画镶。
今有骚家三两句，当羞史上大诗郎。

【注】

浔阳楼，江南十大名楼之一，位于江西九江长江之滨，古人韦应物、白居易等曾登此楼并留下了美妙的诗句。

赞步步高董事长王填新疆之旅

一路行程一路歌，王室豪气填海河。
而今步步登高处，万里衰荣我奈何。

咏范仲淹故里范公祠

古槐苍翠伴祠堂，祭果长为贤士香。
忧乐已为天下句，苍天不应负忠良！

本人所撰《中华传统诗词》编入 《国学教程》感怀

朝采曙光暮采霞，隋唐觅果汉寻瓜。
何惜霜顶亏心血，献与春光再养花。

【感悟】

去年，我应省教育部门之邀写了一篇介绍中华传统诗词的文章。此文对中国古典诗词的产生与发展，艺术特点，社会作用作了初步介绍，仝文两万余字。义章已被中华书局编入了《中华优秀传统文化教师培训用书〈国学教程〉》。写作此文对自己确是一种鞭策。回忆赶写文章那段时光，逼使自己早起晚休，访古问今，穷根究理。"朝采曙光暮采霞，隋唐觅果汉寻瓜"这两句诗就是说的那种写作状态。虽然写书作文要受耗时伤神之累，感觉却是苦中有乐。因作为步入黄昏之人，本已是废材朽木，若能为社会为后人留下点什么有益的东西，当然是平生所愿。《中华传统诗词》多少能为广大诗词爱好者及汉语教学者提供一点启发，积累一点资料，为中华传统诗词文化之传承增点光加点油，故甚感欣慰。所以我用诗中第三、四句以明其志："何惜霜顶失青色，献与春光再养花。"中华传统诗词是中国文学之瑰宝，是中华民族的文化基因和文化特征。现不论海内海外，男女老少，富贵尊卑，凡炎黄子孙大多深知"腹有诗书气自华"而喜爱传统诗词。但也有很多文友却认为传统诗词要讲平仄格律，约束太多，对写作传统诗词有畏难情绪。其实传统诗词的格律要求，有如算术中的数字对位，音乐中的节拍声调，有规律可寻、有捷径可走，是容易学的。只要诗词爱好者们克服初学入门时那丁点困难，多写多悟，久而久之，就会在诗词海洋中左右纵横、驰骋万里。这就正如叶剑英元帅一首随感诗所说的："攻城不怕坚，攻书莫畏难。科学有险阻，苦战能过关。"

游山西太原傅山碑林公园

芳园何止荡花香，墨迹龙蛇碑挤廊。
莫羡堆金成富贵，江山不负好词章。

【注】
傅山为明末清初著名思想家、哲学家、书法家。

赞诗人

屈原国恨泪沉沙，杜甫秋愁寒士家。
欲问诗人何所有，肩头平仄系中华。

赴浙江遂昌参加全国中华诗词暨汤显祖诗曲艺术研讨会诗十首

从长沙乘高铁赴浙江

日荡和风闲鸟悠，山宁水静密林稠。
青原稻涌千层浪，一目尽收万里秋。

中秋日浙江遂昌赏月

异地相逢诗话长，遂昌长醉牡丹香。
一圆明月杯中落，何必低头思故乡！

【注】

明万历年间，著名戏曲家汤显祖曾在遂昌任知县5年，深得民心。期间曾作《牡丹亭》，流传至今。

晨赏瓯江秋景

槌棒声声竞浣纱，翩翩白鹭吻鱼虾。
秋风不负春光意，又唤柳丝捧桂花。

游遂昌县唐代金矿

百转深宫暗径徊，告君休叹苦辛唉。
有心钻透千寻洞，不尽黄金滚滚来。

浙江上虞行组诗

9月26日，由中华诗词学会常务副会长范诗银先生带队，余和罗辉、王改正、胡迎建、贾学义、周学锋等几位中华诗词学会领导赴浙江上虞东山考察诗教基地建设。上虞的山水风光，历史人文令人赞叹。途中成小诗几首与朋友们分享：

咏东山

青山绿水鸟歌环，伏虎冲天有谢安。
邀请蓝天合雅韵，今朝再起看东山。

题上虞东山集团董事长杨言荣老先生

杨柳春风朝气遒，言文善贾绘春秋。
荣声再仗东山起，好写功名青史留。

【注】

（诗中每句第一字组成"杨言荣好"祝语，第三句含成语"东山再起"。）

游曹娥江

千书齐伐绝情江，吞没曹娥孝道伤。
今叹豪宅歌舞后，几多孤老泪穿窗。

【注】

曹娥江是浙江省绍兴市上虞县境内的一条江，为纪念古代孝女曹娥而得名。曹娥是公元130年至143上虞曹家堡村人，母亲早亡，父亲曹盱是一位巫师，公元143年端午节，曹盱在舜江上纪念伍子胥时不幸落水身亡，为寻找父亲，曹娥沿舜江寻找号哭17个日夜，最后悲痛过度投入江中，相传五天以后，曹娥背负父亲尸体浮出水面，他的孝行感动乡里。

游曹娥庙

庙宇森然圣母光，几多儿女把亲忘。
汝心无母吾何奈，来日谁知你是娘！

【注】

曹娥江因纪念孝女曹娥于此处投江寻父而命名。

游南洋

巨螺天落绿纱装，万里碧波帆影扬。
洞透东西今古事，吾心何止是南洋。

咏舜井

石镶古井暗幽幽，泉液清醇古木稠。
且喜清风驱浊雾，舜流不致断神州。

【注】

　　舜井位于上虞县百官镇龙山，史传这里是舜的故乡。舜帝用此井水作生活用水。

乘加勒比皇家国际游轮游马来西亚、泰国

观吉隆坡石油双塔

冲天而起乱凌霄，缈缈白云只吻腰。
又驾碧涛来助兴，诗情更比塔楼高。

【注】

　　① 马来西亚首都吉隆坡石油双塔高 466 米，曾为世界最高塔。现仍为亚州最高塔楼。

　　② 美国加勒比皇家国际油轮高 15 层，有职工一千二百多人。可接待游客四千多人。船上设施齐全，有剧院、游泳池、健身大厅、大商场、赌场，每晚有歌舞和戏剧表演。功能超过了一个五星级酒店。

丁酉中秋夜阴雨遮月伤怀（二首）

（一）

西晴东雨月辉残，遥想胞亲泪未干。
鸿雁代捎红豆去，梦中两岸共一欢。

（二）

枝干并荣树壮稠，岂容兄弟各中秋。
何时驱赶东洋水，洗尽分离万点愁。

秋日晨登天际岭

观日出

杜宇遥呼天吐日，鲜花艳醉草含珠。
游人不负清风意，抱片云霞扭与呼。

秋赏樱花

冬夏四时轮转徊，良机总在唤君来。
莫说秋月春光去，二度樱花正盛开。

桂花吟

几岭芳林几岭歌，一群鱼鲤一泓波。
何方仙女云中过？洒下清香醉几坡。

10月赴武汉参加海峡两岸中华诗词论坛诗两首

参加论坛有感

秋风秋雨漫长江，黄鹤楼前骚客忙。
凿斧细雕金镂曲，诗声催放桂花香。

【注】
金镂曲，词牌名。

高铁站送友

站场别友恨依依，又是违约同旅期。
只怨诗兴多事务，飞车已入远云低。

秋光图

枫红竹翠伴青樟，杜宇声声桂蕊黄。
健步老翁飞利剑，谁说秋月逊春光！

登湘乡褒忠山

攀上青峰霞彩巅，苍茫广野望无边。
目穿千里云空处，山外高山天上天！

著名歌唱家曹志强演唱本人撰词
《沁园春·湖南》感怀

一展英姿楚韵腔，风光如画曲中装。
湖湘未断擎天汉，又响宏歌万里锵！

秋日参加绥宁县"湖南省散曲之乡"
授牌仪式诗二首

咏绥宁

铁杉昂首领黄花，柳岸舟横鸭戏沙。
俚语成诗增秀色，秋风不入绥人家。

【注】
　　余于1986年曾出差绥宁，20余年后重游此地，深为绥宁天翻地覆的变化，尤其是巫水河堤岸的廉政文化墙，民族风情文化墙那深厚的文化底蕴所感动，兴致而作此诗。

重阳节晨步绥宁巫江见江水西去

清江西上浪拍沙，杨柳春风鸟竞喳。
且看几翁垂钓乐，人生谁信瘦黄花？

【注】

清江指流经绥宁的巫水。此江与我国大江大河由西向东流入
大海的流向不同，巫江是由东向西穿过绥宁县城流入沅水。

热烈祝贺港珠澳跨海大桥通车

浪隔三地望时长，亦有欢欣亦有伤！
百里飞虹清旧耻，西天可敢比炎黄！

【注】

"旧耻"指的是香港，原是英国的殖民地，澳门原是葡萄牙
的殖民地。直到二十世纪，中国政府才分别从英国和葡萄牙政府
手中收回对香港和澳门的主权。

纪念彭德怀元帅诞辰120周年

横刀立马啸当年，十万凶狼破胆悬。
洒向人间都是血，英名化入泰山巅。

参加母校湖南师大建校八十周年典礼

八十春夏笑谈间，精种李桃湘水边。
唯楚有才斯最盛，何惜余热洒江天。

题湘窖酒

飞香百里引魂癫，千万酒缸地际连。
不信此醇多郁烈？一杯醉倒李谪仙。

赴北京寒夜念孙孙

　　十二月二十六日在北京参加教育部讨论《中华通韵》会议，遭遇了北京史上最冷之苦，有感而作。

寒凝大地冽风狂，霜剑风刀面耳伤。
远念家乡一夜雪，孙儿是否受寒凉？

歌词

校园之歌

　　明亮课堂，书声朗朗。科技楼中，试验繁忙。加油！加油！我们搏击在知识的海洋。

　　心有炎黄，不忘国殇，传承先贤，学习典章，牢记！牢记！我们把优良美德光大发扬。

　　磨砺沙场，何惧冰霜。心有理想，沐着朝阳。奋斗！奋斗！我们是伟大中华明天的栋梁。国家未来我们担当。

我的湖南

　　我的湖南，思难断，说不完，韶山的红日，洞庭的波澜，武陵奇峰险，莽山灵蛇盘。炎陵舜庙先贤眠，四水飞鱼帆。还有那神奇的衡山！

　　我的湖南，自古好儿男，蔡伦造纸早，屈原血泪斑。

　　三论安邦惜贾谊，力挽激涛看国藩。宗棠德怀赤肝胆，征虏凯歌还。伟人毛泽东，挥手天地翻，啊！国有危难，湘人当担！国有危难，湘人当担！

状物对联

撰诸葛亮联

笑摇几扇而三分天下
轻弄一弦退十万雄师

题桃花源万寿宫联

翠岭舞龙蛇，惜陶公早去，桃花源里春色未减
大师施雨露，喜游侣常来，万寿宫前福喜长增

题衡阳县江口鸟岛门楼联

此岛何奇，万千灵鸟歌盛世
斯江景胜，四季风光待来君

人生感悟

利禄、功名、荣耀，人生何处为快意？
诗书、茶米、健康，天地怀心我自由！

祝贺解放军建军八十七周年

长城千秋固
华夏万里春

题万红卫府址门联

千里湖山四时清境
一方贤俊百世荣昌

题周易先生故乡住宅联

举头邀红日
挥手揽白云

【注】
周易先生住所在红日村，邻为白云村。

题岳麓山联

寺传千里法
山显四时春

题毛泽东母校湘乡东山学校联

伴水倚山，迎阳呼月，八方灵气汇斯校
藏龙卧虎，种李栽桃，一代天骄出此园

湘乡一中110周年校庆联

传承先训，沐雨栉风，百年学府开新境
汇聚良师，栽桃育李，千万俊杰壮神州

题洋湖宝塔联

登塔观胜景，千里江山千里画
凝心绘宏图，一湘豪气一湘才

题长沙橘子洲联

阴阳几跨湘江岸
水陆一横橘子洲

为精英学校题联

不学无术，贪娱图乐，甘为庸者另寻他处
养性修身，增智强能，欲作精英请进此门

题郴州王仙岭对联

千岭绿阴和风月
一仙灵气祐古今

【注】

传说古代有一名医姓王，为当地百姓治病，手到病除，死后
成仙，至今灵验，故名王仙岭。

新居对联

朗日清风，竹木花草，总来啼鸟飞蝶，又闻
蛙歌蝉唱，谁说此处非胜境

闲情雅兴，诗赋词联，时见采画功书，常是
友聚亲临，喜看今日更风光

书房对联

书海扬舟，尽收古今中外
笔林遂志，大写荣耀功名

春光图联

一洗阴霾天宇净
数重花雨万里春

名胜联

青山碧水，翔鸟飞花，何必他乡寻胜境
略武经文，闲情雅兴，方知此处好风流

浏阳胡耀邦住宅门联

去年我应邀为已故原党中央总书记胡耀邦浏阳住宅创作了大门楹联，现此联已书写挂于大门两侧：

清风生府第
劲柏翠河山

题彭氏文化研究会联

养生大爱传承先祖美德
鉴古强今再展神州雄风

祝湖南诗词协会诗联学会成立

一联激荡湘江水
几笔涂生洞庭春

题天心国学中心联

观云观雨，心中常念家国事
读史读经，举止不失圣哲风

题衡山银星苑对联

长辉日月，观一园天灵地秀
共映云霞，数万户人旺财兴

雅趣联

东南西北，不是东西
上去下来，谁能上下

【注】

有人以"东西南北，不是东西"为上联求对下联，据说许久无人可对，余在半年前曾试对亦觉甚难。今日偶得"上去下来"四个表示人之行为的字及"谁能上下"这一社会心里尤其是官场现象。故试对之以求方家指正。

悼国画大师莫立唐老师

天工磨笔刀，叹青岩挺秀，香花飞鸟，画神
高立紫云处

利斧劈横竖，惊草体腾飞，唐骨宋风，书法
传承金农魂

【注】

立唐老人别号磨刀老人、紫云翁，山水为国内一流，《青岩
挺秀》为其山水画代表作，花鸟亦佳；书法师扬州八怪之首金农体，
称"斧劈体"，草书见长。莫公已于 2017 年逝世。

挽刘俊南先生联

俊才壮青史，敬毕生妙手回春医千万
南岳长哀思，哭乡友贤君西去泪万千

题石门白云茶园

白云醉仙去
茶香迎客回

劝学对联

勤游学海增智慧
苦上书山聚荣华

题周敦颐故居联;

千秋文脉流长问询源自何处
万世宗师风范请看茂叔词章

题长沙市试验小学春芽亭

一校书声一校梦
万千幼木万千才

2018年庆祝新中国成立六十九周年联

六九春秋，不改初心雄风万里
一方热土，放飞梦想豪气冲天

湖南省举办《党的十七大以来湖南经济社会发展成就展览》展厅大门撰联

凝心谋发展，千里湖湘千里画
奋力惠民生，四时福祉四时歌

题南岳黄庭观联

魏夫人奇乎，驾鹤升天，始开女辈登道境
黄庭观神矣，诵经援道，常看飞石送仙君

嵌名联

题湖南原省委书记杨正午先生

正心长立芳竹劲
午日更觉大树春

题人社厅杨方舟先生

方圆闯天下
舟马行怀中

题王庭坚先生

庭盈经卷怀韬略
志似山石溢坚贞

题湖南省原副省长唐之享先生

学之古今中外
乐享福寿康宁

题艺术家莫凡老师

莫恼艺坛缺才俊
凡间画怪此一君

题肖顺良先生

顺风一帆远
良品万众师

题湖南省政协副主席贺安杰先生

心安何惧风云荡
人杰岂无韬略出

题好友王卫强朱冠慧夫妇联

卫国自有强军在
夺冠尚须慧妹来

题岳阳黄金坑大云山道观清静堂联

清心不止黄金，循道上云山，可达毕生胜境
静处却怀天地，超然除俗念，方是尘世高人

撰众志艺术学校联

众志凌云处
艺术有天工

题英国杜伦大学郑冰寒教授

冰封梅花俏
寒去春色回

题李霞姜天剑夫妇联

李花映天霞彩艳
宝鞘藏剑韧锋寒

【注】
此联嵌李霞、天剑名字在内。

题新华社原副社长闵凡路老师

凡间才子今何在
路客皆说数此君

题临武县委书记儒平同志

权位无求，从政常怀儒雅志
朴实久有，为人不忘平常心

为解放军上将刘亚洲将军作联

亚地有雄狮，嗤豺狼何能当道
洲东藏大将，护华夏万里雄风

题湖南省政协副主席谭仲池、范菊秋伉俪联

仲春池连江波远

菊苑秋霭日月香

题张天夫先生联

七日下午参观石门县白云山茶场，见省诗协张天夫诗友一木刻对联："古今最近看明月，世上至高卧白云。"余敬佩天夫先生才气，特作联如下以赞之：

休叹天间留杜李，可知夫子是奇才

挽胡遂教授联

苍天何忍？胡使芳容先西去

大地有情，遂将贤者并山来

【注】

胡遂，胡林冀之曾孙女，湖大教授，年方六十岁因故逝世。

挽新华社原副社长艾蒲先生联

艾公去矣，看瀚墨文章几人能比
蒲草留香，观疆场枪影锐气冲天

【注】
艾蒲先生曾在部队服役多年。

题中华诗词研究院院长蔡世平先生

世上称才子
平川耸雄峰

题南岳竹林观联

竹有高节仰万众
林涵珠露新江山

题湖南日报理论部奉清清先生嵌名联

奉天奉祖扬道义
清露清风惠湖湘

题周意周可欢新婚联

周周全全同心同意
喜喜庆庆可贺可欢

题湖南省人大副主任向力力先生联

向天抒壮志
倍力写春秋

题景天艺术杂志

景中极妙景
天上最高天

题彭爱学教授

爱及南北
学贯古今

题彭小平先生

敢上云天，俯看群峰皆是小
志蹈四海，远观万里路方平

题陈小山乡友

腹中车马皆为小
笔下诗文已是山

题深圳原市委书记厉有为联

有佳诗千载吟唱
为惠政四方欣荣

题齐白石嵌名联

笔下五彩千秋画
齐天白石万仞峰

题省政协李微微主席联

李桃硕硕福百姓
尘土微微垒高峰

题著名诗人姚泉名先生

泉汇大江远
名因妙句长

题湖南省人大原副主任余来山先生

来去有心社稷
山河不减风光

賦

三江源赋

三江圣源，华夏胜境。孕甘泉而滋天下，峙高原以领八方。目驰此域，蓝天一洗白云点，碧原千里牛羊肥。冰川卷玉澜，雪岭映银辉。林显秀色，草拥鲜卉。珍鸟劲舞，奇兽奋追。经幡飞扬，寺塔并立。溪河纵横编水网，湖泊交织荡涟漪。游人临斯处，谁人思回归？

涓涓细流相汇，滔滔江河长矣？故长江清波远，黄河浊流急，澜沧碧浪飞。当金沙飞越横断，川流劈开三峡。一桨三千里，两岸常猿啼。黄河九天直下，壶口瀑泻浪激。天雷万里霹雳，金珠九霄溅飞。看千里澜沧春流滚，五国疆域一线连；两岸青峰托云出，河中碧波送舟飞。观三河水流，急似猛虎下山，静如少女韵笛。气犹长虹，势比蛟龙，柔似仙女，美如画卷。千古春秋波未断，万里奔海势不归！

水泽乃土润，土润必地灵，地灵则人杰。三江万里浪，华夏百族兴。观炎黄尧舜，亲民仁政；秦皇汉武，英武雄风；唐宗万邦来朝，康乾四海宣召。五千年血脉相连，五千载豪雄承传。功归何处？斯三江也。无三江焉有万里沃土！无三江怎能千古人杰？故三江圣源，国为根本，族之母亲。护吾三江，美吾三江，匹夫皆有其责；污吾三江，毁吾三江，万恶难辞其咎！

江河源自滴水之聚，大洋成于江河之汇。邦国之固，在于民族之合；民族之合，缘于民众之和。观世界古今，兴衰常变。唯我华夏，三江连四域，百族共一朝；四方齐心，万众同力；傲视人寰，千古不衰，此皆民族融合之效。今列强亡我之心不死，盗贼残我之图犹存。吾炎黄子孙，务必同舟共济，同建家园，共护疆土。同力者史碑颂之，异心者全民诛之。九万里神州共鼎，十三亿民众同心。则神州千秋伟，华族万代雄！吁呼，三江系吾国，吾国赖三江：江宁国泰，国强民康。吾爱吾国，吾爱吾江。世代同心，中华永昌。

此以赋！

2012年1月26日

【注】

① 此赋2012年由高等教育出版社收入《大学语文》教材。

② 三江源，位于青藏高原青海省南部，系长江、黄河及澜沧江之源。

南海赋①

　　浩渺三沙②，华夏圣疆。接闽粤连京冀，穿两峡贯五洋③。碧浪齐天，岛屿相望。珊瑚竞艳争奇，群鱼逐波戏浪。彩鸟凌空轻翅舞，航船驾浪风帆扬。沙滩礁岛，鲍滚参爬；海底岩层，汽流油淌。正是兵家必争处，一方藏珍纳宝乡④！

　　滔滔万里大洋，自古中华一方。汉时名涨海，粤王幡旗扬。唐后称南海⑤，吾民鱼舟航⑥。僧一行测星，千里海域唐舸荡⑦；宋皇朝颁诏⑧，九乳螺洲王师忙。郭守敬测天西沙⑨，郑和公绘图南洋⑩。宣言震天，谁疑南海权属吾？公告示世，太平岛上军容强⑪。永兴舰万里立界，九段线青史流芳⑫。潭门人奇，更路簿事真据凿⑬。市府策良，新时期人和业旺，一脉陆坡南潜海⑭，千秋水域永吾疆。

　　吁乎！人喜肢体健，家福人丁旺，国幸域全疆！故母不忘久离之子，国不弃偏远之乡！国之江山，寸土必争，滴水不让。赵构秦桧，丧土求安，耻笑万方。慈禧太后，割地赔款，骂名史上⑮。敬岳武穆精忠击胡虏⑯，郑成功义举驱荷狼⑰；子材雄风，裹首赤足劈法寇⑱；宗棠豪气，抬棺靖疆震沙皇⑲。历代护国豪杰，千秋国人敬仰。今南海盗獗，扰我渔民，阻我船航，侵我岛屿，掠我宝藏。南海之于华夏，犹肢趾之于心房，须臾不可离，一指不可伤。泱泱大国，岂能丧土失疆。吾国上下，当常怀强国之志，竭尽守土之责。合力以护疆土，强军以固国防。一旦盗寇侵扰，凡华族子孙，兵者勇于战，富者捐其财，壮者效其力，智者献其方。不惜捐躯岛礁，染血海浪。于斯则海防长靖，神州永固，国运久昌。十亿赤子，昭告天下：千年古国，久砺刀枪；今逢盛世，国旺兵强。和平崛起，友好邻邦。神圣疆域，分寸不让。谁施盗行，一举灭光。

正是：

碧波万里美风光，藏宝纳珍贯五洋。
十亿雄师挥利剑，斩蛟伏鼍固南疆[20]。

2013年5月29日

【注】

① 《南海赋》于 2013 年 2 月 27 日刊登在中国人民解放军军网和中华人民共和国国防部网上。

② 三沙市，位于中国南海，为海南省第三个地级市，下属西沙、南沙、中沙诸群岛的岛礁及其海域，涉及岛屿面积 13 平方公里，海域面积 260 多万平方公里。三沙市人民政府于 2012年 7 月经国务院批准成立，驻地位于南海诸岛中最大的岛屿永兴岛。

③ 指南海东北部经台湾海峡和东海与太平洋相通，南部经马六甲海峡与印度洋相通，然后经两大洋直通世界各地。所以南海是连接世界各地的航运要冲，在经济上、军事上都具有重要意义。

④ 指南海具有巨大的可供开发利用的资源，南海海底石油与天然气储量巨大。其中仅石油蕴藏量就达 300 亿吨，相当于全球储量的 12%，约占中国石油总资源量的三分之一。南海鸟类、鱼类、贝类等海洋动物种类繁多，其热带海岛环境是开发海洋旅

游的潜在资源。现代科学还发现海洋蕴藏巨大的潮汐能、波能、温差能、压力能等海洋动力资源。

⑤ 南海，位于中国南部的陆缘海，被中国大陆、中国台湾岛、菲律宾群岛、大巽他群岛及中南半岛所环绕，为西太平洋的一部分，海域面积356万平方公里，其中有数百个岛屿和岩礁，包含东沙群岛、西沙群岛、中沙群岛和南沙群岛。

⑥ 据《后汉书》记载，南海在西汉时称为"涨海"，长沙马王堆汉墓出土的2100多年前的《长沙国南部地形图》表明南海是西汉诸侯南越（南粤）王的辖区。随着当时生产发展和航海技术的进步，中国人民经常航行在南海之上，并在西沙群岛和南沙群岛一带居住和生产。"涨海"之称一直延续到南北朝，到唐宋时，"南海"之称渐多。"南海"是中国古代舟师以中国本土为观察中心点而命名的。

⑦ 僧一行，本名张遂，魏州昌乐人。生于唐高宗弘道元年，卒于玄宗开元十五年，杰出天文学家，在世界上首次推算出子午线纬度之长，编制了《大衍历》。他还是佛教密宗领袖。唐开元十一年（公元724年），僧一行主持子午线测量，南至南海和南海诸岛，并在南海上对有关星座进行测量，这是唐朝对南海行使主权之举。

⑧ 指北宋朝廷首命水师出巡至九乳螺州（即今西沙群岛），这是我国古代海军最早的巡海行动。

⑨ 郭守敬（1231-1316），元代天文学家、水利学家和数学家。元朝至元年间，元世祖忽必烈亲派郭守敬到西沙群岛进行天文观测。这表明南海主权归属元王朝，史载元代将"千里长沙"（即南沙群岛）划入海南岛管辖范围，明确由吉阳军管辖南海诸岛。

⑩ 郑和，明初云南人，号三保，为明朝皇宫太监。1405年，郑和奉明成祖之命，率领一支有27000多人的船队下西洋（指我国南海以西的海洋和沿海各国），途经西沙和南沙，并留下了南海海域航海图。

⑪ 指第二次世界大战结束后，根据 1943 年中英美三国的《开罗宣言》和 1945 年 7 月《波茨坦公告》的规定，南海继续由中国管辖。中国政府指派了高级专员前往西沙群岛接收对南海的管辖权，并在岛上举行仪式，重竖主权碑，在南沙群岛最大岛屿太平岛驻扎部队和设立渔民服务站。

⑫ 指 1946 年，国民党当局有感于南海海域地图混乱，派出军舰永兴舰开展南海划界工作，1947 年完成了划界，划定了"九段线"，确定了当代中国南海疆界的基本走向。西沙群岛最大的岛屿永兴岛也因永兴舰而命名。

⑬ 潭门，即潭门镇，位于海南岛琼海市，潭门镇的居民自宋元时代至今，以在东沙、西沙、中沙、南沙海域潜入海底珊瑚礁中捕捞海参、砗磲等海珍品的特殊作业方式维持生活。《更路簿》是明代以来元昌、琼海一带的渔民去西沙、东沙、中沙、南沙作业的路线图，里面记载了西沙和南沙绝大部分岛礁的位置及岛礁之间的作业路线，并为这些岛礁一一命名，用罗盘确定方位，计算距离。《更路簿》是南海自古属于中国的历史铁证。

⑭ 指南海海底的大陆架、大陆坡和中央海盆三部分呈环状分布，大陆架沿大陆边缘和岛弧以不同坡度倾向大海深处，即中央海盆。南海的东沙、中沙、西沙、南沙群岛就是在海盆隆起的大陆坡上形成的，这就从地缘地貌上说明南海与中国大陆是连接一起的。

⑮ 赵构，即南宋皇帝宋高宗。北宋被金国灭亡后，赵建都临安，苟且偷安。只求与金国讲和，启用了秦桧等求和派人士，打压力举收复失地的主战派，在历史上留下了骂名。秦桧，南宋宰相枢密使，力主牺牲国家利益向进军南宋的金国求和，并设计谋害力主抗金的爱国将领岳飞，是遗臭万年的卖国奸贼。

⑯ 即岳飞（1103-1142），南宋抗金名将，字鹏举，今汤阴县人。南宋王朝建立后，曾上书朝廷反对南迁，极力反对与金国议和，主张收复失地，统一全国，并率领部队屡败金兵，收复

了大片失地，后被秦桧设计陷害。宋宁宗时追封鄂王，留有《岳武穆遗文》，诗词散文都慷慨激昂。

⑰ 指郑成功收复台湾。明朝末年，荷兰人趁明王朝腐败无能霸占了台湾。1661 年 3 月，郑成功率军从金门出发，攻打台湾，并于 1662 年初收复台湾。

⑱ 冯子材，字南干，号萃亭，广东钦州人，清末爱国将领。1884 年，法国侵略军侵犯滇桂边境，他任广西关外军务督办，率部在镇南关、谅山与法军激战。战争中冯以巾裹首，赤足上阵，奋勇杀敌，最终取得了镇南关、谅山抗法大捷。

⑲ 左宗棠（1812-1885），湖南湘阴人，清末著名将领，洋务派首领。1875 年督办新疆军务，率兵讨伐阿古柏，收复乌鲁木齐、和田等地，阻止了俄英等国对新疆的侵略。在对俄作战期间，他抬棺随军，以示与沙俄决一死战。中法战争时，他督办抗法军务，取得了镇南关抗法大捷。左是在清朝末期国势极衰的情况下几次取得抗外战争胜利的杰出爱国将领，为维护国家领土完整作出了卓越贡献。

⑳ 赑，赑屃（bi xi），意为用力的样子。也指传说中的一种动物，像巨龟，力气很大。旧时大石碑的石座多雕刻成赑屃的形状。

湘江赋

湘江者兮，楚南大川。源于百越^①，汇于长江，千里奔海，万千风光。汇溪壑之泉流其远，合湖川之水壮其浪。当静流深谷，灵蛇穿行，清波荡漾，云形树影，山隐水光，鱼虾戏于峰巅，鸢鹭翔于水底；经危峡险礁，蛟龙腾跃，玉珠凌空，飞流卷起千堆雪，涛声摇撼万寻岗。越平原广野，绿原飘玉带，江宽展水长，白舸争流，渔歌竞唱。泱泱不尽波涛，纷纷万千气象！

水因地养而秀，地因水润而灵。川流千里，两岸如屏。阳明山秀，杜鹃千姿花艳^②，浯溪谷幽，崖刻万载墨痕^③。昭山崖峭^④，长岛浪频^⑤。古朴文雅，可知江岸雄阁？^⑥异彩奇观，谁比潇湘八景。^⑦云托巍巍衡岳，长天不倾东南；波涌滔滔洞庭，东海何愁水乏。琼楼接天立、坦道四方通；市繁村静，业旺风清；千里城乡千里画，一江胜景一江情。汇山水之翠秀，聚天地之精灵；黎民效力桑梓，英杰倾情社稷。才俊云涌，贤良如星。神农创耒^⑧，舜皇恤民^⑨；大禹涉险岣嵝^⑩，屈原沉沙江滨。舍身取义，看李芾铮铮铁骨^⑪；顶蓬登展，敬船山恋国痴情^⑫。宗棠忠烈，虎口夺回疆土^⑬；国藩奋力，危朝转而中兴^⑭。反帝制黄兴除虎豹^⑮，护民国蔡锷报忠魂^⑯，德怀赴朝驱强虏^⑰，泽东建国失血亲^⑱。如此尽忠社稷，苍天明镜鉴，青史古碑铭！

百川聚汇为海，滴水合流成江。乡因国泰而安宁，国因乡安而兴旺。故仁人志士，当情牵故土，力效家邦。楚地生侠义，湘人显精忠，肩负天下，心怀苍生。天崩于顶无知畏，国有危难勇担当。晚清临倾日，湘地显风光，以一省之力除半壁险象，凭湘军之勇保全局安详。故无湘难以成军，天下幸赖于湘。铿锵肝胆，四海颂扬。喜普天迎盛世，举国奔小康。看吾子弟，击浪潮头，洒汗华疆；乘风驾浪济沧海，锦地新天绘楚湘。今国内贫穷未尽，海疆盗贼仍狂；国事任重道远，吾侪不可志丧。壮者当效其力，老者应献其方，同心建家园，奋力图国强；唤起湘军千千万，壮我神州代代昌。上遂先贤志，下福子孙乡。此乃湘人之所愿，国家之希望！有感于斯，兴致诗曰：

> 清流北去竞飞舟，
> 今古雄才豪气遒。
> 崇岭长川关不住，
> 风光万里壮神州。

（此文已于2015年8月被中华书局编入《中华文化基础教材》，2017年刻石立碑于长沙市开福区金霞开发区湘江之畔的湘江诗廊）

【注】

① 湘江，长江重要支流，发源于广西，经湖南南部汇入洞庭湖注入长江。百越，春秋战国时期，岭南地区称百越之地，湘江源头为广西兴安县石乡、河源为海洋河，属古百越地区。

② 指阳明山，位于湖南永州双牌县，属五岭山脉，山上有万寿古寺，十余万亩高山杜鹃花，为周边十八县民众朝佛香火之地。

③ 即浯溪崖刻，位于祁阳县湘江之畔，与西安碑林同为我国两大碑林。

④ 指昭山，位于长沙市与湘潭市交界的湘江东岸，奇崖林翠，相传周昭山曾南征至此。

⑤ 长岛，即长沙橘子洲，位于长沙市区湘江中心，号称世界上最大的内陆洲，毛泽东在《答友人》诗中称"长岛人歌动地诗"。

⑥ 指湘江沿线城市修建的几座楼阁，衡阳市的石鼓书院，湘潭市万楼，长沙杜甫江阁、岳阳市岳阳楼等。

⑦ 潇湘八景，指分布在湘江沿线的八大风景点，分别是潇湘夜雨、山市晴岚、远浦归航、烟寺晚钟、渔村夕照、洞庭秋月、平沙落雁、江天暮雪。

⑧ ⑨ ⑩ 指舜帝南巡至湘江流域，逝于苍梧之野；炎帝神农氏发明了农具耒，推动了农业生产的发展。大禹治水曾登于衡阳市南的岣嵝峰，现山上还留下禹王碑。

⑪ 李芾（？－1275），字叔章，南宋时先任祁阳知县，政绩显著。后任潭州知州兼湖南安抚使，宋德元年八月，元兵南下包围潭州城，李芾率潭州军民拼死抵抗至年底，元兵临破城前李芾命部将先杀了他妻子儿女以免被俘，然后自杀，死后被追认为忠节公，现衡阳市有忠节祠终年祭祀。

⑫ 指王夫之（1619－1692），衡阳市城南王衙坪人，晚年居衡阳石船山，故称"船山先生"，明末清初著名的思想家、哲学家，湖湘文化的传承者和发扬者，具有强烈的爱国情怀。清兵入关建国后挥兵南下，王于顺治五年在南岳组织抗清起义失败，后追随南明政权至广西继续抗清，南明政权灭亡后，王夫之于顺治八年回到衡阳，拒绝清朝为官。隐居衡阳县金兰乡，坚持不剃发，出行头顶草蓬足登木屐，以示头不顶清朝的天，足不踏清朝的地。表现出了强烈的恋国情怀，于康熙31年（1692年）病逝，享年74岁。

⑬ 左宗棠（1813－1885）清末名将，湖南湘阴人，光绪

年间督办新疆军务，率军讨伐阿古柏，收复了乌鲁木齐和阗等地，阻遏了俄、英对新疆的侵略，尤其是收复被沙俄侵占的伊犁的绝大部分地区，为维护祖国的领土完整作出了贡献。

⑭ 指曾国藩，曾在晚清面临危难之时组建湘军，平定太平天国，兴起洋务运动兴办工业，发展教育。使晚清出现了短暂的中兴局面，被称为晚清"中兴第一名臣"。

⑮ 黄兴（1874－1916），字克强，湖南善化（今长沙）人，中国近代民主革命家，配合孙中山积极推进反帝反封建的辛亥革命，武昌起义后被推为革命军总司令，南京临时政府成立后任陆军总长兼总参谋长。1916年病逝。

⑯ 蔡锷（1882.12－1916.11）字松坡，湖南宝庆（今洞口县）人，是中华民国初年的杰出军事领袖，1915年袁世凯称帝，蔡在云南宣布独立，组织护国军，发动推翻袁世凯的护国战争，蔡任第一军总司令。1916年病逝。

⑰ 彭德怀（1898.10-1974.11）湖南湘潭县人，中华人民共和国十大元帅之一，1950年奉命率中国人民志愿军赴朝鲜与侵朝美军作战，将美军从中朝边界驱赶到三八线以南，迫使其签订停战协议，维护了祖国的边境安全。

⑱ 指毛泽东主席为了新中国的诞生，一家牺牲了六位亲人，夫人杨开慧、大弟毛泽民、二弟毛泽覃，儿子毛岸英，堂妹毛泽建、侄儿毛楚雄。

先师仓颉赋

仓公奇哉，原姓侯冈。黄帝史官，功以海量。号为史皇氏，名则永流芳。今应安仁侯氏宝生先生之约，作《先师仓颉赋》以纪之：渭南白水，地灵天祥。灵童仓颉①，生于斯壤。聪明睿智，四目灵光。辅佐轩辕②，良策妙方；鞠躬尽瘁，绩效煌煌。部落尊首，称帝一方。定都阳武，安民宁邦；造福族众，功业昭彰。为侯氏之始祖，立德仁仰四方。庇佑族裔，枝叶隆昌。唐代晓公，一代贤良；恤民勤政，清廉风尚；恩惠泽于衡岳，子孙发于湖湘。仁德与仁翁，可赞亦可扬。明朝之重器，侯氏之栋梁；立功勋于江山社稷，修宗祠在永乐江③旁。祀世代先祖恩德，引天下后裔向往！览侯门千脉，蓬勃气象；思始祖仓公，懿德浩荡。

远溯上古，人处洪荒，结绳记事，混沌迷茫。幸世出吾祖，生创字奇想。访故里询智者高见，居深壑察山川气象。久仰长空，察奎星走势；细察龟背，辨纹理诡状。析鸟羽家禽走兽，辨爪迹指纹手掌。造象形文字，除结绳愚状；奠文明基石，别史前愚荒。感上苍天为雨粟，哭夜鬼龙为潜藏④。

人神钦敬，历史辉光；四海共用，惠泽绵长。成三教之宗；兴九州之旺。凝百族同心，造华夏辉煌。史上万国来朝，四夷臣服；今朝和谐发展，协和万邦。立世界之

中流，任沧桑巨变；彰中华之英武，展大国风光！比肩圣
人，功德史镶！有感于斯，以诗赞赏：

仓公造字辟先河，万世殊功谁比何？
四海同声华韵日，神州圆梦笑吟歌。

吁乎！字乃文化之基，文乃民族之魂。识字则广智，
重文则兴邦。汉字文化，举世无双，凝神蕴智，源远流
长。神奇壮美，惠域无疆。故博文则人睿，人睿乃家旺；
家旺可族兴，族兴致国强。吾炎黄子孙，当博学重文，以
文强身，以文欣乡，以文除浊，以文昌邦。泱泱华夏，矗
立东方。海宴河清，民智国强。泰山压顶不失其壮，地陷
天塌不减其煌。笑傲天下，谁与比量！

2018年10月

【注释】

①　仓颉，称苍颉，复姓侯冈，号史皇氏，轩辕黄帝史官，
曾把流传于先民中的文字加以搜集、整理和使用，在汉字创造的
过程中起了重要作用，他根据野兽的脚印研究出了汉字，为中华
民族的繁衍和昌盛做出了不朽的功绩。但普遍认为汉字由仓颉一
人创造只是传说，不过他可能是汉字的整理者，被后人尊为"造
字圣人"。

②　轩辕，即黄帝，华夏部落首领。

③　永乐江，永乐江位于衡阳市东南部，是安仁县的母亲河。
主要由南向北流，是长江的三级支流，永乐江全长210公里，是
洣水最大的支流，发源于资兴市的彭公庙毛鸡山，经永兴、安仁、
攸县渌田镇、再汇入衡东草市镇的洣水，总流域面积2572平方

公里。

④ 感上苍天为雨粟，哭夜鬼龙为潜藏。传说仓颉造字成功之日，举国欢腾，感动上苍，把谷子像雨一样哗哗地降下来，吓得鬼怪夜里啾啾地哭起来，即《淮南子》记载的"天雨粟，鬼夜啼"。

长白山赋

巍峨长白①，五岳齐肩。

域贯中朝，千里连绵。

南接辽东，北极三川②。

峰耸霄汉，日月环旋。

登临斯境，奇景万千。

白雪漫顶，霞蔚云翩。

万木竞荣，百花争妍。

珍禽异畜，虎啸猿咽。

人参貂鹿，天下誉传。

天池圣湖③，形似碧莲。

吞云吐雾，清澈波涟。

奔流飞瀑，万缕银烟。

银河泻玉，动地惊天。

幽长峡谷，怪石奇岩。

千百物像，神态异然。

温泉水暖，筋舒血鲜。

健体美肤，祛病消炎。

神山秀岳，源溯亿年。

火山冰川，沧海桑田。

天工神造，大岭珊延④。

地圣天威，神力灵验。

白山圣母⑤，法道无边。

大禹亲临，洪流息焉。

金宗满祖，虔祷接连⑥。

康熙乾隆，诚祭山前⑦。

喷血驱倭，英武抗联⑧。

靖宇壮烈⑨，流芳史篇。

今朝锦绣，八方欣阗⑩。

城乡繁荣，百姓安恬。

美景祖国，华族福缘。

富民强国，吾辈当先。

仰慕胜地，万众趋前。

不达斯地，梦萦魂牵。

伟哉圣山，概以诗言：

万座雄峰滚玉澜，天池碧浪瀑飞翻。

千秋才彦风流尽，不愧关东第一山。

【注】

① 长白山，狭义的长白山，位于吉林省延边州安图县和白山市抚松县境内，是中朝两国的界山。中国境内的白云峰海拔2691米，是东北第一高峰，中华十大名山之一，国家5A级风景区，关东第一山。长白山在朝鲜境内被称为"白头山"，境内的将军峰为长白山最高峰，海拔2750米。长白山由粗石岩组成，夏季白岩裸露，冬季白雪皑皑，终年常白，系多次火山喷发而成，故而得名。"长白"、"白头"又有"长相守到白头"的美好寓意。广义的长白山是指长白山脉，中国辽宁、吉林、黑龙江三省东部山地的总称。北起三江平原南侧，南延辽东半岛与千山相接，为松花江、图们江、鸭绿江的发源地。山内森林茂盛，林间有东北虎、貂、梅花鹿等珍奇动物。人参、貂皮、鹿茸为东北三宝。1960年

建立自然保护区，1980 年被列入联合国国际生物圈保护区。

②　三川，指松花江、图们江、鸭绿江平原。

③　天池，位于长白山主峰火山锥体顶部，是我国最大的火山口湖，荣获海拔最高的火山湖吉尼斯之最。从天池倾泻而下的长白山飞瀑，是世界落差最大的火山湖瀑布。

④　珊延，满语即白色的意思，此句意为白色的大山。

⑤　白山圣母，传说中的一位出世真人，活动在太白顶上，是满族崇拜的祖先神。

⑥⑦　指女真族承鞑鞨建立金朝后，把长白山视为发祥地，对其祭祀以求保护国运长昌、"帝祚永延"，从金世宗到金章宗莫不如此。清代满州人对长白山的崇仰更是登峰造极，康熙、乾隆、嘉庆几位皇帝在位时都亲临长白山祭拜，以求国泰民安，帝业永固。

⑧⑨　抗联，即东北抗日联军，抗日战争时期由中国共产党领导的抗日部队，在东北广大地区与日寇英勇作战。杨靖宇（1905-1940），原名马尚德，汉族，河南确山人，军事家、抗日民族英雄，历任抗联总指挥、政委等职，率领东北军民与日寇血战于白山黑水之间，身经百战，屡立战功。1940 年 1 月孤身一人与日军周旋激战几昼夜后壮烈牺牲，终年三十五岁。日军解剖其尸体时，发现他竟以树皮、草根为食。解放后，他被评为 100 位为新中国成立作出突出贡献的英雄模范之一。

⑩　欣阗：欣，欣欣向荣。阗，充满。此句为处处欣欣向荣之意。《长白山赋》石刻由著名书法家贺京沙书写，立于东北长白山景区。

后　记

《楚徒行吟集》

诗家盛会首都开，愧上骚坛坐帅台。

本是深山农事子，无求墨海咏吟魁。

强国犹靠词文力，盛世当呼李杜才。

秃笔万支枯墨海，不登佳境誓无回。

这是2010年5月我参加中华诗词学会第三次代表大会，并当选中华诗词学会副会长时写的一首小诗。诗中流露了我当时学习诗词创作的真情实感。后来这种思想情感、写作状态却一直延续到了今天。我出生于一个农民世家，严格地说直到2009年才开始学习诗词创作。后来又学习书法、写赋和绘画。已出版了4本诗集，一本书法专集。在诗词写作中，我很仰慕自古至今诗词界的大家们能写出那么精彩的诗句。同时自己也努力践行希望能写出象样的作品。时至今日，我确实没有信心说我的诗词作品有什么水平，更没有信心说我的创作之路如何成功。我自知我创作的作品与成千上万的诗词大家的作品比较起来确实还有很大的差距。但我对如何创作出好的诗词的确有过一些探索和感悟。借中华诗词学会出版这本集子的机会。我把我从2013年至2018年间创作的部分诗、词、联、赋作品及这些感悟一并奉献给诗界同仁。请给予批评指正。

　　我们每一位诗人都希望自己创作的诗词作品能成为精品佳作。那么，我们首先要弄清楚什么样的诗词作品才是精品？如何理解这个问题影响着我们诗词创作的努力方向，也事关诗词评价的标准。

　　如何衡量诗词作品的优劣，诗词界先师们已有精辟论述。王国维指出："文学之事，……意与境二者而已。上焉者意与境浑，其次或以境胜，或以意胜，苟缺其一，不足以言文学。"这就说明，在王国维看来，意与境的完美统一，才是诗词的上等作品。仅突出以意取胜，或仅突显以境取胜，尚属其次的作品。当代著名诗人杨逸明先生认为诗词作品质量如一个金字塔三角形，其最底层是技术层面，上升到第二层次是艺术层面，第三层次即最高层面是哲学层面。我理解杨先生讲的第一层面是指作品的基本标准。包括平仄、押韵、对仗、拗救等；上升到第二层次即中间层面是艺术层面，包括意象，章法，布局，语言，修辞，技巧等；诗词的最高层面是哲学层面，包括立意、作品的思想道德水准，眼界，情怀，及产生的社会作用等。因此我非常赞同逸明老师这种关于诗词评价标准的主张。关于第三层面诗词作品的立意，古人认为也有深与浅、远与近之分。表现为诗词作品的格调还有高与低之别。孔子曰："诗可以兴，可以观，可以群，可以怨，迩之事父，远之事君。"《毛诗序》进一步明确指出，"故正得失，动天地，感鬼神，莫近于诗，先王以是经夫妇，成孝敬，厚人伦，美教化，移风俗"。这里，孔子与《毛诗序》分别阐述了诗的历史功能与社会作用。然而诗要实现这种社会功能，这就要求诗词作品立意高远，格调高尚，用现代语言表述，就是诗要有正能量。所以孔子与《毛诗序》是把诗的立意，即诗所体现的思想境界与情怀及教化育人作用置于诗词水准的最高层面。北宋著名文艺评论家黄彻认为，诗不能停留在追求艺术技巧等表现形式之美上，诗首要在立意，要追求立意的高远深厚。他说："夫诗之作，岂徒以青白相媲、骈俪相靡而已哉！要中存风雅，外严律度，有补于时，有辅于名教，然后为得。"黄彻这里讲诗"岂徒以青白相媲、骈俪相靡而已"即是告诉人们诗不能沉溺于比形式外观之美，要"补于时""辅于名教"即是说诗必须有思想境界，有益于时代，有助于教化社会，激励世人。黄彻所著《巩溪诗话》品评史上诸家之诗，极崇杜甫。重要原因是他认为杜诗能"穷尽性理，移夺造化"，"而流落困踬之中，未尝一日忘朝廷也"。由此看出黄彻是把诗中的家国情怀与精神境界即诗的社会作用作为诗的最高标准。他以杜甫《剑阁》诗中"吾将罪真宰，意欲铲叠嶂"与李白《江夏赠韦南陵冰》诗中"槌碎黄鹤楼"，《陪侍郎叔游洞庭醉后》诗中"划却君山好，平铺湘水流"这几句诗进行比较。黄彻认为，杜甫诗讲剑门为古今军事要塞，一夫当关万夫莫开，很容易被地方势力凭险割据，所以杜甫主张责成天公削平剑阁。说明杜甫此诗有反对分裂割据提倡巩固国家统一的积极主张，故杜诗"凛凛有忠义气"。而李白的两句诗虽然意气豪迈却没有思想深度，仅是醉后狂言。所以他认为这里杜甫诗比李白诗格调要高，品位要好，意境要深远。从历代诗家的诗作来看，遗留的作品以数十万计。但人们欣赏的无不是那些

给人以赏心悦目之美感、或充满了家国情怀和浩然正气，
给人以不竭动力和显烁着人生智慧的杰作妙句。如南宋陆
游充满了对国家无限之爱和责任担当的"僵卧孤村不自
哀，尚思为国戍轮台"，"死去元知万事空，但悲不见九
州同。王师北定中原日，家祭无忘告乃翁"，于谦那体现
着高洁情怀的《石灰吟》中"千锤万凿出深山，烈火焚烧
若等闲。粉骨碎身全不怕，要留清白在人间"等一类诗句
佳作。而相当大部分一般性的诗词作品，则是尘封在陈旧
书卷中无人知晓。这也从另一方面说明只有那些格调高雅
能触动人的心弦甚至感化人的灵魂的作品才是真正的诗词
精品。

综合上述古今诗家论述的思想，我们可以看出诗词作
品的优劣标准是显而易见的。诗词中的一流作品是能进入
诗词金字塔最高层面，具有深远的意境，读者从诗的意境
中，可引发丰富的联想，能获得"言外之意"与"弦外之
音"的作品。在一流作品中，有些诗又可称为极品，这是
指那些极有艺术感染力且境界高远思想道德水准高尚并为
人民大众广泛传颂的奇妙诗句，如南宋末期民族英雄文天
祥《过零丁洋》"辛苦遭逢起一经，干戈寥落四周星。山
河破碎风飘絮，身世沉浮雨打萍。惶恐滩头说惶恐，零丁
洋里叹零丁。人生自古谁无死，留取丹心照汗青"；杜甫
的《茅屋为秋风所破歌》"安得广厦千万间，大庇天下寒
士俱欢颜"；王之涣《登鹳雀楼》"欲穷千里目，更上一
层楼"；王安石《登飞来峰》"不畏浮云遮望眼，只缘身
在最高层"等这类佳诗妙句。分析此类作品，一般都充满
了浩然正气和家国情怀，放射出启人心扉的智慧之光，是

激励国人自强不息为中华民族伟业英勇奋斗的精神动力，更是中华民族精神的结晶。还有些诗思想意境不差，艺术感染力极强亦属上品。如李白《望庐山瀑布》"飞流直下三千尺，疑是银河落九天"；杜甫《绝句》"两个黄鹂鸣翠柳，一行白鹭上青天。窗含西岭千秋雪，门泊东吴万里船"；贺知章《咏柳》"二月春风似剪刀"；温庭筠词《梦江南》"梳洗罢，独倚望江楼。过尽千帆皆不是，斜晖脉脉水悠悠。肠断白蘋洲"。这类作品诗韵盎然，读之回味无穷，它以其高超的艺术魅力滋润人的心灵，给人以美的享受。但这类作品虽然也处于诗词金字塔的上端层面。但相对于那些激荡着家国情怀与浩然正气，闪烁着人生智慧的壮丽诗篇来说应列其后。

其次是诗词中的二流作品，即处于诗词金字塔中间层次的作品。这些诗词一般表现为内容取舍、篇章布局、选词组句、方法技巧方面尚合乎诗词创作的一般标准，但作品缺乏特色新意，境界视野不高远，通常是就事论事，思想性与艺术性皆停留在一般化水平。如唐代诗人崔颢《长干曲》写男女在江中乘船相遇的对话，"君家何处住？妾住在横塘。停船暂借问，或恐是同乡"，此诗除简单记载了二人相逢的对话外，看不出二人什么情感反映，也没有什么引起读者共鸣的东西。我们再看唐诗人李白《秋登宣城谢朓北楼》诗，"江城如画里，山晚望晴空。两水夹明镜，双桥落彩虹。人烟寒橘柚，秋色老梧桐。谁念北楼上，临风怀谢公"。此诗写了秋登安徽宣城谢朓北楼所见之壮观景色及对建楼人原宣城太守谢朓的怀念，艺术与文学水准不可谓不高，但比起王之涣登山西黄河边鹳雀楼写的"白日依山尽，黄河入海流。欲穷千里目，更上一层楼"，那种眼界气势及所表现出的激励人们自强不息奋勇进取的豪迈情怀，无论是思想性艺术性李白诗都相差甚远。再如唐著名诗人耿沣的《秋日》"返照入闾巷，忧来谁共语？古道无人行，秋风动禾黍"，此诗写了作者秋天黄昏看到的落日秋风、村野粱稻、冷寂古道外，便到此意止了，仅是给人一种冷落忧伤消沉之感。三国时期著名政治家、军事家、文学家曹操五十多岁那年秋天登上河北碣石山，他写了一首《步出夏门行》组诗。他面对"秋风萧瑟，洪波涌起"，"日月之行，若出其中。星汉灿烂，若出其里"的大海，抒发了自己"老骥伏枥，志在千里。烈士暮年，壮心不已"的远大志向。曹操与耿沣同以秋天所见景观为题材，曹操诗中的境界与情怀比耿沣要高远得多。二〇一八年中秋时节，我也写过一首秋景诗《秋日登天际岭》："今岁中秋胜似秋，鸟欢花艳水清流。风云未减春时色，一曲高歌云岭头"。此诗也一改通常的悲秋心态表达了一种欢快激昂向上的精神境界。

诗词中的三流作品是处于诗词金字塔最低层面的作品。这类作品形式整体上基本合于诗词的格律、声韵、对仗等技术方面的要求。但既不如第二层面作品那样合于诗律有诗的韵味，更没有金字塔最高层面的诗所体现的那种意境情感或智慧。相反有的诗还显露出一些缺陷。一是有的诗内容零乱，东凑一句、西凑一点，一盘散沙，主题不明显。如南宋诗人韩淲(shi)的《雨多极凉冷》诗，"焉知三伏秋，已作九秋风。木叶凉应脱，禾苗润必丰。地偏山吐月，桥断水浮空。鸡犬邻家外，鱼虾小市中"，此诗主

题是写三伏天雨后极凉之状，但从第五句开始讲的都不是
极凉的特征，表现为形神俱散，而且逻辑不合常理。因为
三伏虽已在秋，江南秋天的太阳人称秋老虎，民间有"热
在三伏"之说；而且三伏天纵然下雨，凉时也不可长久，
树叶可能会被风雨打落，说木叶因天凉自然脱落不合自然
规律；况且凭三伏之雨断定几个月后才能收割的稻禾必丰也
过早；"地偏山吐月"此句很好，但既已吐月，说明已是
夜晚，邻家的鸡应已入鸡舍了，不可能再在院外。鱼虾入
市，一般是早上进行，尤其是三伏热天更宜早。所以到了
吐月之后一般不会有鱼虾上市的。二是有的诗内容格调低
下。诗要写景状物咏志，当然要以客观存在的事物为写作
对象，但客观世界的东西有美与丑，香与臭，雅与俗，发
展与衰亡，进步与腐朽，人们喜与憎之别。诗人不应该不
分香臭美丑都使其入诗。鲁迅先生曾经说过："没有谁画
毛毛虫，画癞头疮，画鼻涕，画大便"。写诗亦然。可是
古往今来也有诗人无视这前提。如韩愈《病中赠张十八》
诗的"中虚得暴下"便是写自己因拉肚子而腹中空虚。梅
尧臣的《八月九日晨兴如厕有鸦啄蛆》诗，便是写自己早
晨上厕所，看见乌鸦啄粪蛆之事。梅尧臣的《扪虱得蚤》
诗便是写在身上摸虱子，却摸到了一只跳蚤的事。李商隐
的《药转》诗还写过大户人家的侍女夜里偷偷于厕所中堕
胎私生子之事，这种题材写入诗中，而且是就事论事，没
有以事喻意，故读其诗句不仅毫无美感，而且令人恶心！
三是有的作品缺乏诗的韵味，语言概念化，内容空洞无诗
感。如2017年有位老诗人作诗《八十抒怀》："秋凉萧瑟
又初冬，白鬓苍苍老态慵。岁月蹉跎多少事，生平翰墨两

集中。高歌换届十八大，实干兴邦正党风。航母维权游四海，中华儿女是英雄"。此诗前四句尚是写作者自身，后四句内容写得与他八十岁毫无关联，而且是几句口号空话。四是还有一些作品在格律、押韵、对仗、拗救等诗词技术的掌握上还不规范。上述第三层次作品中存在的这四类问题，现在还比较普遍。

从上述看出，我们要评价一首诗词作品是否为上乘之作，就看其进入了诗词金字塔的哪个层面。这是我们检验诗词水准的检测器。

那么，我们在实践中应该如何才能创作出好的诗词作品呢？

我觉得要创作诗词的上乘之作，就必须走出诗词创作的一些误区。所以在创作指导思想上必须明白如下几点。

首先，诗词作品是否优劣不是取决于诗词的风格。诗词是表达情感的艺术，其艺术风格有豪放与婉约之分。可能有人认为婉约更有诗味，比豪放品位要高。实际上二者仅是风格的不同，适用于表达不同的思想情感而已。宋词中，柳永是婉约风格的代表人物之一，苏轼是豪放词风的代表人物之一。据南宋俞文豹《吹剑续录》记载，"东坡在玉堂，有幕士善歌，因问，'我词何如柳七？'对曰，'柳郎中词，只合十七八女郎，执红牙板，歌杨柳岸晓风残月。学士词，须关东大汉，执铜琵琶，铁绰板，唱大江东去'，公为之绝倒"。这则故事，表明两种风格的区分在于：婉约表现为情感流露婉转含蓄，音律和谐轻柔，语言圆润清丽。如柳永的《雨霖铃》，李清照的《漱玉集》，李煜的《虞美人》等属这类作品。豪放诗风大体是视野较为阔广，气势恢弘雄放，情感表达明了。如苏轼《念奴娇·赤壁怀古》，毛泽东的《沁园春·雪》属这类作品。那么，诗词对情感的表达是委婉含蓄为好还是明了为好呢？要表达男情女爱，或者要表达的观点有违政治环境时，自然不宜直截了当地表达。但如果要表达自己坚强的意志宏大的抱负或某种理念，则必须旗帜鲜明。如岳飞的《满江红》表达其爱国情怀用"壮志饥餐胡虏肉，笑谈渴饮匈奴血"，表达其时不我待急于为国家民族收复疆土的急迫心情，"莫等闲，白了少年头，空悲切"，这是何等的淋漓尽致。从效果看，表达这种雄心壮志如果是羞羞答答的肯定不会有好的效果。再看李清照的词与诗，她的词《鹧鸪天》"暗淡轻黄体性柔，情疏迹远只香留。何须浅碧轻红色，自是花中第一流。梅定妒，菊应羞，画栏开处冠中秋。骚人可煞无情思，何事当年不见收"。这是李清照赞美桂花的一首词，其风格委婉轻柔，使人浮想联翩。再看她的绝句诗《夏日绝句》："生当作人杰，死亦为鬼雄。至今思项羽，不肯过江东"，此诗是以非常通俗的语言斩钉截铁无半点含蓄地表达她的人生价值取向。两首作品风格相异，艺术手法都登极境。但从思想境界比较，后诗比前词更高远，更加振奋激励人心。这说明，不论什么风格都可写出好作品，不应以诗词风格论作品优劣。

第二，诗词作品的优劣不是取决于诗词语言是直白浅显还是含蓄委婉。有种观点认为诗词语言直白不是好诗。事实并非如此。如唐白居易《赋得古草原送别》诗中的"离离原上草，一岁一枯荣。野火烧不尽，春风吹又生"，以非常浅显的事例及语言说明了富有生命力的新生事物不可战胜并将欣欣向荣这一道理。再如唐孟郊的《游子吟》"慈母手中线，游子身上衣。临行密密缝，意恐迟迟归。谁言寸草心，报得三春晖"，用极浅显语言表达了真挚的母子之爱。唐李绅的《悯农》"锄禾日当午，汗滴禾下土。谁知盘中餐，粒粒皆辛苦"用浅显语言表达对农民的无比同情之心及说明耕种粮食之艰辛。这几首诗既是用直白浅显语言表达诗意之极品，也是意境高深之极品。这说明不能认为语言直白便不是好诗。所以在诗词创作与评价中，也不能以此作为评价诗词作品优劣的标杆。

第三，诗词作品优劣不取决于有多少古意。首先，作品优劣与否不取决于用旧韵还是新韵。数百年来，诗人们作诗习惯用《平水韵》。近几年来中华诗词学会以汉语普通话读音为依据制定了《中华通韵》并极力推广。但在相当一部分诗人潜意识中，不同程度认为用旧韵《平水韵》比用《中华通韵》显得更有水准。因而藐视用《中华通韵》，前几年有的地方组织诗词大赛甚至规定只能用《平水韵》。实际上，押韵目的在于使诗读起来朗朗上口，构成和谐的音乐美而已。所以只要诗词作品整体上押韵读起来能朗朗上口，不管用什么韵应该都是可以的。况且，诗韵不是一成不变的，它应该随着语言的发展而不断改进，否则它就会因适应不了时代而被淘汰。我国自有文字记载以来，唐、虞、殷、周时代的民歌就有押韵。周代的诗歌总汇《诗三百》因为有韵才得以入乐。以后的楚辞，汉赋，乐府及各类古体诗都是一面步着前人的遗迹一面又有演变和发展。自三国开始，有了专著韵书《声类》《切韵》《唐韵》《广韵》《集韵》《礼部韵略》等，每个时期新韵书的问世，都是对旧的诗韵的继承与发展。《平水韵》直到南宋年间才问世。至今也仅700多年历史。但它与现在国家推广的以《新华字典》为依据的汉语不相适应。所以推广使用15韵的《中华通韵》有助于使用汉语的中华儿女学习掌握中华诗词，这更有利于中华诗词的推广使用。因而不存在用《中华通韵》比用旧韵平水韵逊色的问题。当然，提倡用中华新韵并不是要彻底否定平水韵。既然有700年间古人按平水韵创作，我们诵读研究古人诗作时，就必须以平水韵为依据。但我们在创作诗词作品或评价今人新作时，就没有必要刻意强求用平水韵。只应要求一诗一韵而已。此外，诗词作品的优劣也不取决于作品古意的多与少。有人认为诗要有古味才好，追求用古字古词按古人的风格创作，这也值得商榷。我国的诗歌从《诗经》发展到楚辞，乐府，各类古体以至唐诗，宋词，元曲，每一种新的形式的出现及新的诗语的运用，都是在继承前人诗体诗风基础上的一种创新和发展。没有这种创新和发展，恐怕我们现在也还停留在《诗经》时代。对比过去，当今时代从自然至社会以至人们的生产生活思维方式都发生了根本变化，如果仍刻意追求把诗写得有古意，就会脱离社会而失去人民大众，此类作品也只能作者自我欣赏，如前文中杜甫称天为"真宰"，古人还有称天为灵曜，泰元，圜宰，圆灵，青丙，碧虚，圆象，有更多的人称天公，苍天，青天，皇天。后面这几个词人们一看就知其意，如果我们再用"真宰"以指天，虽有古意，很多读者尤其是青少年不查字典则难懂其意，这就没有什么意义了。我认为艺术价值的多寡是与给广大人民大众美的享受的多少成正比的，即使诗词作品那么高古却失了读者那价值还有多大呢。所以，创作和评价诗词作品，切不可把仿古返古作为一种价值取向。

第四，诗词创作与评价不能以合律作为第一标准。合乎格律是古典诗词创作的基本要求。但它仅是诗词的框架结构与形式。是停留在技术层面而已，反映不了诗词作品的内容与意境高度。有些诗词作品格律很工，却味如嚼草，就是这个道理。这就如我们评价人才，我们设定男性人才身高要一米七五以上，形象必须英俊潇洒，风流倜傥，服饰必须西装革履。这种标准看似合理但反映不了对方的才识智慧及思想境界。用这种标准选人，有的可能真是人才，有的可能是花瓶饭桶。有些人其形象外观在人们眼中明显不像人才，但却是真正的人才，春秋时的晏子，矮小无比，却是出类拔萃的治国之才，近代的小平同志也类此。因此在诗词创作上我们一方面要强调遵守格律，另一方面又要呼吁不能只满足于合乎格律，或者为了合于格律东拼西凑几句了事，因这样的作品虽然也可叫诗，但只能列入金字塔的最底层次成为三流作品。所以，我们在创作诗词时，要坚持意境当先，对于意境很好的奇词妙句，即使格律偶有瑕疵，也不要轻易放弃。

这种观点，正是古人所提倡的。在《红楼梦》香菱学诗故事中，曹雪芹借林黛玉之口就讲了这个道理，林黛玉说道："词句究竟还是末事，第一立意要紧。若意趣真了，连词句不用修饰，自是好的，这叫做不以词害意。"这充分说明诗创作不要因过分注重辞采形式损害了内容。

如何创作诗词精品？上述正反两面的经验可给我们如

下启示：

首先，诗词创作必须紧贴时代紧贴生活实践。早在中唐时期，新乐府运动倡导者白居易就提出"文章合为时而著，歌诗合为事而作"。诗词作品只有紧密联系时代与生活实际，才能富有生命力，才能引发读者的共鸣。试看那些流传千古的诗词篇章，如屈原的《离骚》，杜甫的《茅屋为秋风所破歌》，陆游的《示儿》，辛弃疾的《破阵子》，岳飞的《满江红》，文天祥的《过零丁洋》，秋瑾的《黄海舟中日人索句并见日俄战争地图》等，无一不是诗人为所处时代为国家民族生存发展而喷射的血泪的结晶。诗言志。诗人的作品如果离开了时代与火热的生活实际，志从何来？那就免不了写儿女情长或琐屑小事或无病呻吟。而写自己儿女情长和琐屑小事的作品，如前文所述梅尧臣写自己在身上捉虱子、摸跳蚤这类作品，又怎么能激起人民的情感共鸣呢？当代著名词人蔡世平先生指出，民胞物与，人伦大爱，是中华文化伟大的精神传承。表现在文学创作上，《诗经》《楚辞》以后的中国文学，"无不以关心民瘼，体恤百姓为写作的基本立场与情感态度。百姓的命运和福祉体现出作家成熟的人性观与写作观，那种不关乎社会痛痒的个人小情小调的写作，不是真正作家的表现"。所以现在有人主张诗词创作要远离那些与自己没有直接关系的时代国家大事，这显然是不可取的。诗人的眼光只有紧贴时代和深入火热的生活，才有可能创作出真正的精品力作。在2018年10月第三届海峡两岸中华诗词论坛会上，著名诗人罗辉先生呼吁"要坚持以人民为中心的创作导向"。易知先生也在论文中以毛译东的诗词为例呼吁："诗词应该成为时代最动人的心声"。我觉得这就是创作精品诗词的必然之路。2008年春节，江南地区发生了特大冰冻，蔡世平先生以他那敏锐的眼光和火热的心肠，写了《水调歌头·冰雪江南》："是谁持冻笔，书写老东寒。蛮横狠竖斜撇，短路水光烟，时见飞莺折羽，还听荒狼嚎叫，何处可安眠，江上渔人泪，僵了打渔船。杏花红，桃花雨，是江南。任它冰冻三尺，心暖地开颜。天有生冰手段，我有融冰热骨，十万赶寒鞭。莫道无晴日，造个有晴天"。这首词蔡世平先生既特写了2008年罕见冰灾的严酷景象及给江南人民生产生活带来的严重灾难，同时又用"天有生冰手段，我有融冰热骨，十万赶寒鞭，莫道无情日，造个有晴天"这几句妙语，生动反映了江南广大人民群众在党和政府的领导下，一方有难，八方支援，上下同步，万众同心的抗冰救灾的动人景象。使这首词成为具有鲜明的时代特征并充分体现中华民族奋勇进取精神的精品力作。这说明，只要我们毫不动摇地坚持走社会实践之路，自觉关注时代和火热的生活实践，我们就能创作出富有鲜明时代特色的作品。

　　第二，诗词题材要有格调。诗词贵在意境，这要求诗词创作立意必须高远。而只有格调高尚的诗作，才可能意境高远。高尚的诗作格调从哪里来呢？这就要求诗人要胸怀博大，视野宽广，尤其要有家国情怀，有浩然正气，有高尚品德，有丰富学识。善于通过对缤彩纷呈的自然社会现象的描写，通过抒发自己的才情写出动人心弦催人奋进充满精气神正能量的作品。诗人眼光应是睿智的，创作题材的取舍上应分清客观物象的是与非，曲与直，斜与正，轻与重，贵与贱。选取那些能提炼出普遍意义的事物付予它诗情美意。只有这样，才能创作出有格调有意境的作品，才不会出现如韩愈那样把自己腹泻，李商隐那样把侍女堕胎之类题材胡乱入诗的笑话。2017年我到惠州参加中国女诗人大会时游览了宋代大诗人苏东坡被贬惠州时修建的惠州西湖苏堤。当时我作了首七律《游惠州西湖苏堤》："楼浴春阳翠树稠，花荫桥拱古堤悠。时光易换江湖色，诗赋无失万古留。锦鸟叨云扬劲羽，肥鱼戏浪竞鳌头。何须贪恋身边景，无限风光万里舟"。这首诗既写了苏堤优美的湖光水色，但又不拘限于此，它不仅从写景中提炼出"时光易换江湖色，诗赋不失万古留"这两句以充分肯定文化的社会意义，更是对苏轼这类文化巨匠的历史贡献的高度赞美。同时还以"何须贪恋身边景，无限风光万里舟"这两句既激励人们应目光远大，努力争取更美好的未来；也表达了自己不甘于现状，将不断地开创人生的新境界的决心。从而使诗的意境及格调达到了比较理想的高度。

再次，创作诗词精品贵在炼格言警句。诗作的意境高远与否都要通过诗句来体现。一首意境高远的诗作闪烁出思想光芒的就是那么一两句话。如文天祥的《过零丁洋》就集中体现在"人生自古谁无死，留取丹心照汗青"这两句上。因此，要着力打造诗作中能体现思想智慧之光的名言警句。这是创作精品诗词的重要途径。也是评价一首诗是否为上乘之作的重要依据。2009年2月，报载有人在法国巴黎公开拍卖从中国盗出的晚清北京圆明园的铜兽首，中国人当时对此强盗行为毫无办法。我气愤已极写了《惊闻巴黎拍卖圆明园铜兽首》诗一首，我在诗中写道："虎豹当年爪牙长，九州国宝落西洋。今时市井销铜兽，何日窃贼守法纲。防盗犹凭门户固，护身须靠脚拳强。何时狮啸雄风远，再庆华乡断祸殃"。此诗在前两句简单介绍巴黎公开拍卖中国国宝级文物这一事实后，重点打造了"防盗犹凭门户固，护身须靠脚拳强"这一至理明言。从而揭示了懦弱就要挨打这一普遍社会现象，鼓励国人为国家富强民族进步而努力奋斗，从而有效提升了作品的思想境界。

　　以上就是我在诗词创作中的一点体会、一点感悟。特以此作为《楚徒行吟集》的后记，不一定正确，敬请诗界同仁们指正。

2019年1月